KB121524

동물 공화국

동물 공화국

1쇄 발행일 | 2018년 08월 16일

지은이 | 김용운
펴낸이 | 정화숙
펴낸곳 | 개미

출판등록 | 제313 - 2001 - 61호 1992. 2. 18
주소 | (04175) 서울시 마포구 마포대로 12, B-108호(마포동, 한신빌딩)
전화 | (02)704 - 2546
팩스 | (02)714 - 2365
E-mail | lily12140@hanmail.net

ⓒ 김용운, 2018
ISBN 978 - 89 - 94459 - 93 - 6 03810

값 15,000원

"이 도서는 한국출판문화산업진흥원 2018년 우수출판콘텐츠 제작 지원 사업 선정작입니다."

동물 공화국

김용운 우화소설

개미

쉬운 것이 어렵다

아프리카 탄자니아의 광활한 세렝게티 초원에 사는 사자들은 배가 고프면 무리지어 사냥을 한다. 성공을 하면 애써 잡은 들소나 누 같은 큰 먹잇감 주위에 빙 둘러 앉아서 포식을 한 다음에, 무리는 나무 그늘을 찾아가서 그때부터 조용히 휴식을 취한다.

그러면 역시 사자들의 사냥감인 영양 같은 초식 동물들은 그런 사자들을 겁 내지 않고 근처까지 접근하여 한가로이 풀을 뜯는다. 배가 부른 사자들은 다시 배가 고플 때까지는 사냥을 하지 않는다는 것을 잘 알기 때문이다. 아니나 다를까, 휴식을 취하고 있는 사자들은 그런 먹잇감들을 못 본 체 그냥 내버려 둔다.

그런데 '만물의 영장'이라면서 뽐내며 으스대는 인간들은 어떠한가. 배가 터질 듯이 먹고도, 맛있는 것을 보면 입맛 당긴다며 또 먹고, 소화제를 먹어가며 또 먹고, 그러다가 끝내 배탈이…….

아직도 또렷이 남아 있는 초등학교 시절의 기억이 있다.
어느 교실이나 앞의 칠판 위의 중앙에는 액자에 담긴 태극기를 중심으로 그 이쪽과 저쪽에 '교훈'과 '급훈'이 걸려 있었다. 교훈은 학교가, 급훈은 담임선생님이 정한다. 급훈은 대개 깨끗하자, 부지런하자, 협동하자느니…… 그런 것들 중에서 흔히 3가지인데, 6학년이 되자 담임선생님이 바뀌었고, 우리 반의 급훈은 정직하자— 달랑 그것 한가지뿐이었다.

이러쿵저러쿵 아이들이 수군거리자, 담임선생님이 말했다.

"너희들은 정직하자는 것이 너무 상식적이라서 쉽고 시시하게 느껴지겠지만, 이것처럼 어려운 것이 없다. 금년에 우리 반은 이것 하나만이라도 잘 지켜보자. 작은 거짓말이 자라면 큰 거짓말이 된다."

"거짓말도 자라나요?"

"바늘 도둑이 소 도둑 된다—는 속담이 있다. 작은 거짓말도 자꾸 하다가 보면 버릇이 되어서, 차츰 큰 거짓말도 예사롭게 하게 된다는 뜻이다."

오늘날, 우리의 모습은 어떠한가? 우리 사회는?

이 작품은 『시선』(2015년 가을), 『PEN문학』(2016년 3월호), 『월간문학』(2016년 4월호), 『한국소설』(2016년 10월호), 『한국소설』(2018년 2월호)에 중·단편소설들로 게재, 이번에 모두 한 자리에 모인 것이다.

이 책이 나오기까지 이런저런 도움을 준 여러분에게 감사드린다.

2018년 7월
김용운

작가의 말

차례

제3부

열린 동물원

제1부

동물원 학교

제1부

동물원 학교

람쥐는 예쁘고 귀여운 어린 다람쥐입니다. 세상에 태어나자, 엄마가 지어준 이름입니다. 그러자 차츰 자라면서 주위의 이웃들도 그 어린 다람쥐를 모두 '람쥐'라고 불러댔습니다.

람쥐는 장난꾸러기인데다가 호기심이 많습니다. 세상에 궁금한 것들이 너무 많아서 무엇부터 배워야 할지 걱정입니다. 그러나 걱정할 필요는 없습니다. 여기저기 놀러 다니면서, 찾아다니면서 그때그때 배우면 되니까요. 람쥐에게는 놀러 다닌다는 것이 바로 공부랍니다.

람쥐는 큰 바위 근처의 땅굴 속에서 살고 있습니다. 아직은 어려서 엄마랑 함께 지내고 있습니다.

"람쥐야."

"응. 엄마."

"넌 오늘도 놀러 나갈 거니?"

"물론이야."

"오늘은 어디를 가려고?"

"동물원 학교!"

"또 거길 가?"

"그러면 안 돼?"

람쥐가 살고 있는 산동네에서 멀지 않은 곳에는 커다란 동물원이 자리하고 있습니다. 그곳에는 아주 많은 갖가지 동물들이 살고 있습니다. 동물들은 저마다 자기 우리 속에 갇혀서 지냅니다. 어떤 동물은 한 우리 속에 여러 마리가, 어떤 동물은 둘, 혹은 외롭게 혼자서 지냅니다. 그러자 그들은 람쥐가 놀러오면 몹시 반가워합니다. 외로운 동물일수록 더욱 그렇습니다.

람쥐는 아직 몸집이 작아서 그들의 울타리나 철책 구멍을 통해 자유롭게 안으로 드나들 수가 있습니다. 그래서 그들과 만나 즐겁게 놀 수가 있습니다.

여러분도 알다시피, 동물원의 동물들은 지금은 자기가 태어난 곳에서 살지를 못하고 있습니다. 물론 이웃 나라에서 온 동물들도 있긴 합니다만, 그러나 대부분이 먼 나라인 자기네 고향에서 자유롭게 뛰어놀다가 동물 사냥꾼들에게 붙잡혀 이 나라 저 나라의 동물원들로 팔려갔습니다. 또는 여러 나라의 동물원들끼리 자기네들이 필요한 동물들을 서로 교환하기도 합니다. 하기에 동물들은 그때마다 자기가 머물던 나라들에서 듣고 배운 것들이 많아서, 그들은 아는 것들이 매우 많습니다. 한마디로, 그들은 아주 유식합니다.

동물들은 날마다 그냥 먹고 놀기만 하는 것이 아닙니다. 그들은 그들대로 공부를 합니다. 어른들은 자기가 직접 보고 들은 것들, 또는 어린 시절에 어른들로부터 듣고 배운 것들을 어린 것들에게 틈틈이 가르쳐줍니다.

그런 만큼, 동물들의 우리는 저마다 나름대로의 교실입니다. 그리고 동물원은 그런 교실들이 모여서 이룬 하나의 커다란 학교랍니다.

참, 아주 중요한 사실 한 가지를 깜빡 잊을 뻔했군요! 동물들은 냄새는 물론 눈과 귀가 아주 예민합니다. 후각과 시각과 청각이 사람들에 비하여 몇 배 혹은 몇 십 곱절이나 잘 발달해 있어서, 아주 멀리 떨어져 있는 교실에서도 지금 어느 교실에서 누가 말을 하고 있다는 것을 잘 알 수가 있답니다.

그리고 그들은 나름대로의 독특한 감각 기능이 있어서, 중간에 통역하는 자가 없어도 다른 동물들의 언어를 얼른 이해할 수 있는 능력이 있답니다. 말하자면 동물원 학교는 굳이 특수한 현대식 방송 · 통신 시설을 갖추지 않았는데도 그때마다 서로의 말을 알아들을 수가 있기 때문에, 어느 때는 멀리서도 말참견을 할 수가 있는 그런 특수학교라는 것을 알아두기 바랍니다.

원숭이 교실

이 동물원에서, 관람을 하러 찾아온 사람들에게 가장 인기가 있는 곳은 원숭이 우리입니다. 원숭이들은 철망으로 둘러진 드넓은 우리 안에서 가만히 앉아 있지를 않습니다. 성미가 급해서인지, 잠시도 가만히 있지를 못하고 이리저리 움직이며 돌아다니기가 일쑤입니다. 어린 원숭이들일수록 더욱 그렇습니다.

어린 원숭이들은 특히 나무 타기 놀이를 즐깁니다. 우리 안에 있는 나무 위로 기어 올라가서 나뭇가지에 대롱대롱 매달리기도 하고, 이 가지에서 저 가지로 풀썩 뛰어 옮겨가기도 하고, 어떤 녀석은 나뭇가지에 매달린 친구의 꼬리를 잡고 매달리는 등 장난이 여간 심하지가 않습니다.

람쥐가 원숭이 교실로 들어가자, 어린 원숭이들 중에서도 가장 람쥐와 친한 녀석이 얼른 반깁니다.

"안녕, 람쥐!"

"그래. 잘 지냈니?"

"너도 이 나무 위로 올라올 수 있냐?"

"물론이지. 그까짓 나무 타기는 나도 선수라고, 뭐."

람쥐는 보란 듯이 쪼르르 나무 위로 기어오릅니다.

"그렇다면 저쪽 나뭇가지로 뛰어 건너갈 수도 있냐?"

"그건 좀……."

"헤헤헤헤. 너는 다람쥐니까 어려울 게다. 그러다가 떨어지면 어쩌려고."

어린 원숭이가 으스대자, 람쥐가 지지 않고 말합니다.

"우리 엄마가 그러는데, 우리의 친척인 하늘다람쥐는 이 나무에서 저 나무로 자유롭게 날아다닌다고 했어. 너보다도 더 멀리 말야. 알겠어?"

"아무리 너희들의 친척이 그런다고 해도, 네가 못하면 아무 소용이 없다. 알겠냐?"

"칫!"

람쥐가 입술을 삐죽거리자, 자랑삼아 어린 원숭이가 저쪽 나뭇가지로 풀썩 뛰어서 건너갑니다. 그런데 아차! 실수를 했습니다. 다른 원숭이가 그 나뭇가지로 먼저 뛰어 건너가는 것을 미처 보지를 못했기 때문에, 어린 원숭이는 잡을 것이 없자 그만 땅 위로 떨어진 것입니다. 나무가 그리 높지를 않아서 다치지는 않았습니다.

마침 그 광경을 저쪽에서 지켜본 할아버지 원숭이가 소리칩니다.

"애들아, 너희들 모두 이리 오너라!"

그 소리에, 재미있게 놀고 있던 어린 원숭이들은 어리둥절했지만, 모두 나무에서 내려와 할아버지의 앞으로 다가갑니다.

어린 원숭이들이 모두 모이자, 할아버지가 말합니다.

"너희들도 보았듯이, 저 녀석이 조금 전에 나무에서 떨어졌다. 나무가 높지를 않아서 그나마 다행이었다. 만약에 나무가 아주 높았다면, 저 녀석은 생명을 잃을 수도 있었다."

이어서 할아버지가 말합니다.

"우리의 조상들은 태어나면서부터 나무 타기 선수였다. 그러나 '원숭이도 나무에서 떨어질 때가 있다'는 속담도 있듯이, 아무리 익숙하더라도…….

옛날, 중국 한(漢)나라의 유방을 도와 천하를 차지하는 데에 일등공신이었던 한신이란 장수가 초나라를 평정했다. 그 나라의 뛰어난 전략가인 이좌거가 산 채로 잡혀오자, 한신은 그를 스승으로 대접하며 다른 나라들을 평정하는 방법을 물어봤다. 그러자, 이좌거가 말했다. 천려일실(千慮一失)—아무리 지혜로운 사람이라도 이것저것 많은 것을 생각하다가 보면 반드시 한 번쯤은 실수가 있고, 천려일득(千慮一得)—아무리 어리석은 사람이라도 많은 생각 중에서 하나쯤은 얻는 것이 있습니다. 하기에 내 생각 중에서 한 가지라도 쓸 것이 있다면 좋겠다고 말이다.

지금 내가 너희들에게 강조하려는 것은 '천려일실'이다. 천 번의 성공 중에서 한 번쯤은 실패가 따른다는, 아무리 재주가 많더라도 누구나 한 번쯤은 실수를 한다는 뜻이다. 그러니 원숭이는 나무에서 떨어지지 말고, 항상 조심을 해야 해. 알겠느냐?"

할아버지의 말에, 어린 원숭이들은 네! 네! 하고 대답을 합니다.

"그리고 또 한 가지 너희들에게 일러둘 말이 있다. 옛날에, 중국에 원숭이를 무척이나 좋아하여 집에서 많은 원숭이들을 기르는 노인이 있었단다. 그런데 갑자기 집안이 가난해져서 원숭이들의 먹이가 부족하자, 노인은 원숭이들을 불러놓고 말했지. 내일부터는 아침에 도토리를 세 개, 저녁에는 네 개씩 주겠다고. 그랬더니 원숭이들은 화를 냈어. 그러자 조금 생각하던 노인이 또 말했지. 그렇다면 아침에 네 개, 저녁에 세 개를 주겠다고. 그랬더니 원숭이들은 모두 손뼉을 치며 좋아했단다."

"아침에 세 개, 저녁에 네 개나, 아침에 네 개, 저녁에 세 개나 그게 그거 아닌가요? 이나 저나 일곱 개는 마찬가지니까요."

람쥐가 얼른 말하자, 할아버지가 돌아보며

"람쥐가 놀러와 있었구나."

고개를 끄덕거리면서 말합니다.

"람쥐는 똑똑하기도 하지. 네 말이 옳다. 그게 그거니까. 그런데도 원숭이들은 그런 줄도 모르고, 당장 눈앞에 보이는 이익에만 신경을 써서 화를 냈다가는 좋아하고……이제는 여기가 우리나라니까, 우리 속담이라고 하자. 우리 속담에 '하나만 알고 둘은 모른다'는, '원숭이가 제 꾀에 넘어 간다'는 말이 있단다. 영리하여 잘난 체하지만, 알고 보니 한계가 있음을 비웃는 말이란다. 그러니 너희들도 원숭이가 자기 꾀에 자기가 넘어가지 말고……무슨 뜻인지 알겠느냐? 그런데 참, 지금 내가 말한 그 고사성어는 뭐였더라?"

그러던 할아버지가 얼른 생각이 난 듯 말합니다.

"옳지! 조삼모사(朝三暮四)—라고 한단다. 아침에 세 개, 저녁에 네 개라며 노인이 원숭이들을 속인 것처럼, 간사한 꾀로 남을 속여 희롱함을 이르는 말인데, 원숭이들처럼 간사한 꾀에 희롱당하는 어리석음을 이를 때도 함께 쓰이는 고사성어라고. 허허허허. 그러니 그런 줄 알고……이제 모두들 가서 놀아라."

할아버지 원숭이의 말에 어린 원숭이들은 좋아라고 이리저리 흩어집니다. 그런데 누군가 화가 난 어조로 말합니다.

"람쥐, 너 때문에 우리는 할아버지한테 창피를 당했다고."

"내가 어떠했기에 그러냐?"

람쥐가 대뜸 말하자, 그 어린 원숭이가 역시 투덜거립니다.

"그럼 아니냐? 우리는 모르고 있는데, 네가 얼른 말해서 우리의 할아버지한테 칭찬을 들었으니까……안 그러냐?"

"그렇다면 미안해."

"그건 그렇고……저기, 철망 밖의 사람들은 뭐가 좋아서 우리 안을 들여다보며 깔깔깔 웃고 있는 거야?"

어린 원숭이가 화풀이라도 하듯이 그들을 잔뜩 노려봅니다.

아니나 다를까, 원숭이 교실의 철망 밖에는 구경을 온 사람들로 가득합니다.

어린이들은 물론 어른들도 많이 모여 서서 원숭이들의 재주나 흉내를 보며 깔깔 웃어대고 있습니다.

람쥐가 얼른 그 어린 원숭이를 다독거립니다.

"화내지 마."

"그럼 내가 화를 안 내게 됐냐?"

"무엇이 화가 나는데?"

"우리 원숭이들이 무슨 구경거리냐?"

"저 사람들은 돈을 내고 동물원에 들어온 구경꾼들이야."

"그래도 그렇지⋯⋯우리 엄마가 언젠가 말했다. 먼 옛날에는 우리 원숭이들이 사람들의 조상이었다고. 그런데도 사람들이 우리들을 구경한다고? 그게 말이나 되냐?"

그런 어린 원숭이가 갑자기 손바닥을 탁 두드리며 말합니다.

"아이, 참! 내 정신 좀 봐. 나는 언제나 이렇다니까."

"뭐가 그렇다는 거니?"

"언젠가 우리 엄마가 또 말해줬다고. 모든 것은 생각하기 나름이라고. 이럴 경우, 사람들이 너를 구경하고 있다고 생각하지 말고, 네가 사람들을 구경하고 있다고 생각하면 된다고. 그러면 되는 것을, 그걸 깜빡 잊고 있었다니⋯⋯저 남자는 심술쟁이처럼 생겼고, 저 아줌마는 욕심쟁이처럼 생겼고, 그리고 저 꼬마는⋯⋯."

"그러고 보니, 그렇게 생겼다."

람쥐는 지금 기분이 좋습니다. 어린 원숭이의 기분이 풀어졌기 때문입니다.

오늘도 람쥐는 동물원 학교에서, 원숭이 교실에서 많은 것을 보고, 듣고, 배웠습니다. 집으로 돌아가면, 오늘 배운 것들을 엄마에게 모두 들려줄 것입니다.

코끼리 교실

　동물원 학교에서, 원숭이 교실 다음에 인기가 높은 곳은 아무래도 코끼리 교실입니다. 코끼리는 우선 육지에 사는 동물들 가운데에서 가장 큰 동물답게 몸의 덩치부터 어마어마하게 크고, 코도 물건을 말아 올릴 수 있을 만큼 길어서 대뜸 구경꾼들의 눈길을 끕니다. 어디 그뿐인가요? 입 밖으로 길게 나와 위로 향한 두 개의 어금니인 흰빛의 상아는 큰 덩치와 긴 코와 함께 코끼리를 여느 동물들에 비하여 훨씬 돋보이게 해주고 있지요.

　동물원 학교에 놀러간 람쥐는 오늘은 코끼리 교실로 들어갑니다.

　"안녕하세요, 코끼리 아줌마?"

　"람쥐가 놀러왔구나. 어서 오너라."

　암컷 코끼리는 덩치에 어울리지 않게 부드럽고 다정한 목소리로 람쥐를 반깁니다.

　"그런데 코돌이는 어디에 있어요?"

　어린 코끼리가 보이지를 않아서 람쥐가 물어보자, 아줌마 코끼리가 말합니다.

　"녀석이 아직 어려서 그런지 요즘에 감기에 걸렸단다. 그래서 찬바람을 피하느라고 저 방안에서 나오지를 않고 있단다."

　"칫! 그까짓 감기가 뭐가 무섭다고."

　람쥐가 중얼거리자, 아줌마 코끼리가 웃으면서 말합니다.

"람쥐, 너는 몸집이 작아도 적응력이 강해서 바람이 부는 날에도 끄떡없지만, 우리 코돌이는 몸집만 컸지 날씨가 조금만 쌀쌀해도 감기에 잘 걸린단다."

"아줌마의 고향은 어디에요?"

"그게 궁금하니?"

"그러니까 물어봤죠."

"코끼리는 먼 아프리카 대륙과 아시아의 인도라는 나라가 고향이란다. 그런데 나의 조상은 인도였다는구나. 아프리카와 인도는 몹시 더운 곳이란다."

"그렇군요."

그랬어도 람쥐는 궁금한 것이 또 있습니다.

"아줌마는 하루에 얼마나 잡수세요?"

"호호호호. 나더러 하루에 얼마나 먹느냐고?"

"내가 알기에는, 이 동물원 학교에서 아줌마가 제일 많이 잡수시던데요?"

"동물들은 먹는 습성에 따라서 고기만 먹는 육식성, 풀만 먹는 채식성, 이것저것 가리지 않고 먹는 잡식성이 있단다. 그런데 우리 코끼리들은 채식성이란다. 풀 속에는 고기보다 영양분이 훨씬 적어서, 내 몸을 유지하려면 풀을 그만큼 많이 먹을 수밖에 없잖니. 하루 종일 먹다시피 하지. 어느 정도냐 하면……."

무슨 생각이 들었는지 아줌마가 얼른 물어봅니다.

"람쥐, 너는 속담에 '코끼리 비스킷'이란 말을 들어봤니?"

"비스킷은 바삭바삭 맛있는 조그만 과자가 아닌가요?"

"그렇다면 코끼리의 덩치에다가 비스킷을 비교해 보렴."

"그야 어림도 없죠!"

"구우일모(九牛一毛)—라는 말이 있다. 중국의 한(漢)나라 때, 너무나도 적은 병력으로 적과 싸우다가 결국 항복을 한 이릉이라는 장수를 위해서, 사마천은 열심히 변명을 해주었단다. 결국 황제의 노여움을 사서 생식기가 잘리는 궁형(宮刑)을 받았단다. 그러자 '사기(史記)'라는 책을 쓰고 있던 사마천은 그 책을 완성하지 못하고 죽을까봐 걱정이었는데, 다행히 죽음을 모면하자 '내가 궁형을 받는다고 해도, 그건 아홉 마리의 소들 중에서 털 하나가 없어지는 것일 뿐'이라고 말했단다. 무슨 말이냐 하면, 너무 작아서 숫자에도 끼이지 못한다는 뜻이지.

창해일속(滄海一粟)—이란 말도 있지. 넓디넓은 바닷속에 좁쌀 한 알이라는, 너무나도 하찮은 존재라는 뜻이란다.

친구와 함께 천하를 유람하던 당나라의 시인 소동파가 하루는 적벽(赤壁) 땅에 이르자, 문득 말했어. 옛날 삼국시대에 조조와 주유가 이곳에서 천하를 걸고 '적벽 대전'을 벌였다가 조조가 크게 패하여 겨우겨우 도망을 쳤지. 그렇듯 천하를 호령하던 당시의 영웅들은 간 곳이 없는데, 지금 우리 두 사람은 이렇듯 적벽강 위에 작은 배를 띄우고 술을 마시고 있으니, 세월의 장구함에 비하여 우리의 인생은 너무나도 짧다, 우리들 인생은 푸른 바닷속의 한 알 좁쌀처럼 보잘것없다면서 탄식을 했단다. 창해일속이나 구우일모나 코끼리 비스킷이나 모두 비슷한 말들이지."

"어휴, 아줌마는 굉장히 유식하네요?"

"어디 그뿐이냐? 옛날, 인도의 어느 임금님이 하루는 장님들에게 각각 코끼리를 만져보라고 했고, 얼마 후에 장님들에게 코끼리는 어떻게 생긴 동물이냐고 차례차례 물어봤단다. 그랬더니 코끼리의 상아를 만져봤던 장님은 코끼리는 커다란 무처럼 생겼구먼요, 코끼리의 귀를 만져봤던 장님은 코끼리는 곡식 따위를 까불러 고르는 키와 같이 생겼습니다. 코끼리의 머리를 만져봤던 장님은 돌과 같이 생겼군요, 코를 만져봤던 장님은 방아공이 같이 생겼네요, 다리를 만져봤던 장님은 나무토막같이 생겼군요, 등을 만져봤던 장님은 널빤지처럼 생겼구먼요, 배를 만져봤던 장님은 항아리처럼 생겼습니다. 꼬리를 만져봤던 장님은 새끼줄처럼 생겼다고 자신 있는 어조로 대답했단다."

아줌마의 말을 들고 난 람쥐는 그만 하하하하 배꼽을 잡고 웃습니다.

"람쥐, 넌 왜 웃었지?"

"웃음이 나올 수밖에 없잖아요."

"무엇이 어때서?"

"코끼리는 너무 커요. 그러자 장님들이 만진 곳은 각각 코끼리의 한 부분이었어요. 코끼리의 전체와는 너무나도 거리가 멀었어요."

"그렇다면 너도 느낀 점이 있을 텐데?"

"세상을 한 부분만 보고 평가하는 것은 옳지 않다고 봐요. 안 그래요, 아줌마?"

"람쥐, 너는 참으로 똑똑하구나. 네 말이 맞다. 군맹무상(群盲撫象)—이란 말이 있단다. 속담에 '장님이 코끼리 만지듯'이란 말도 있듯이, 여러 장님이 코끼리를 어루만진다는, 모든 사물을 일부만 보고 자기 주관대로 그릇되게 판단할 때 쓰는 말이란다. 군맹평상(群盲評象)—장님들이 코끼리를 평가한다는 말도 같은 뜻이라고."

"그런데요, 아줌마."

"궁금한 것이 또 있니?"

"인도의 코끼리들은 무거운 짐이나 목재를 나르는 등 사람들을 위해서 좋은 일을 많이 하는데, 사람들은 왜 코끼리들을 마구 죽였죠?"

"그게 어디 인도의 코끼리들뿐이냐, 아프리카의 코끼리들도 많이 죽였지. 그건 말이다, 모두가 상아 때문이었단다. 우리 코끼리의 긴 이빨인 상아는 사람들이 갖가지 물건들을 만드는 데 쓰였단다. 상아로 만들어진 것은 고급품이었기 때문에, 아주 값이 비쌌지. 그러자 사냥꾼들은 그 상아를 얻기 위해서 코끼리들을 총으로 마구 쏘아 죽였어. 그래서 수를 헤아릴 수도 없는 많은 코끼리들이⋯⋯."

"그놈의 욕심 때문에, 사람들은 아무런 죄도 없는 코끼리들을⋯⋯그러고 보면, 언제나 사람들이 문제라니까!"

람쥐가 고개를 흔들어보이자, 코끼리 아줌마가 왠지 서글픈 눈빛으로 말합니다.

"그만 집에 가거라. 네 엄마가 기다릴 게다."

"그래요, 아줌마. 오늘, 아줌마한테서 좋은 말씀 많이 들었어요. 고맙습니다!"

"그래, 그래. 또 놀러 오너라."

호랑이 교실

동물원 학교에서, 코끼리 교실 못잖게 구경꾼들의 눈길을 모으는 곳은 호랑이 교실입니다. 호랑이라는 말은 범의 용맹에다가 늑대보다도 사나운 이리의 성질까지 합쳐졌다는 뜻으로, 범을 무섭게 일컫는 말입니다. 어쨌거나 호랑이는 얼핏 얼굴과 등과 배, 꼬리에 얼룩덜룩 아름다운 무늬가 있어서 가장 잘생긴 동물이지만, 그 성질이 흉포하여 여러 짐승들을 마구 포식하는, 사자와 더불어 고양이 과에 속하는 최고의 맹수랍니다.

동물원 학교에서, 람쥐는 오늘은 마음을 굳게 먹고 호랑이 교실을 찾아갔습니다. 솔직이 말해서, 람쥐가 호랑이 교실을 찾아간 것은 오늘이 처음입니다. 왜냐고요? 호랑이는 너무 성질이 사나워서 그만큼 무섭다고 이미 동물원 학교에 소문이 쫙 퍼져 있었으니까요.

호랑이 아저씨는 우리 안에서 혼자 지냅니다. 마침 아저씨는 낮잠을 자는지 땅바닥 위에 배를 깔고 길게 엎드린 채 조용합니다. 입 언저리에 삐죽삐죽 내뻗친 수염이라든가, 그 얼굴만 봐도 당장 겁에 질릴 정도로 무서운 아저씨의 모습이라서 람쥐는 은근히 겁이 납니다. 그래서 그냥 우리 밖으로 나가버릴까 생각을 하고 있는데, 람쥐가 우리 안에 들어와 있다는 것을 이미 알고 있다는 듯이 갑자기 아저씨가 점잖게 말합니다.

"이 녀석, 이리로 가까이 오너라."

"네?"

람쥐는 겁이 났지만, 용기를 내어 말합니다.

"안녕하세요, 호랑이 아저씨. 제 이름은 람쥐라고 해요."

"람쥐?"

누운 채로 눈을 크게 뜬 아저씨가 람쥐의 모습을 지켜봅니다.

"거 참, 귀여운 이름이로구나. 어디에 사느냐?"

"동물원 학교 뒷산의 굴속에서 엄마랑 살아요."

"그런데 여기는 왜 왔느냐?"

"아저씨한테 놀러왔어요."

"뭐라고? 나한테 놀러왔다고?"

어처구니없는 표정으로 아저씨가 말합니다.

"넌, 내가 무섭지도 않냐?"

"처음에는 소문대로 무섭게 보였지만……."

"그런데?"

"속담에 '범한테 물려가도 정신을 차려라'란 말이 있잖아요. 어떤 곤란을 당해도 정신만 차리면 헤어날 수 있다는 뜻이라고요. 그러자 용기가 생겼어요."

"으허허헛, 그 녀석!"

아저씨가 크게 웃었습니다. 소리만 컸지 부드러운 웃음입니다. 소문처럼 무섭기만 한 아저씨는 아니었습니다.

"좋다. 그렇잖아도 심심하던 터에, 나를 찾아와 줘서 반갑다. 함께 얘기나 하자꾸나."

"나도 좋아요!"

람쥐는 이제는 마음 놓고 아저씨와 이야기를 나눕니다.

"아저씨는 조금 전에 눈을 감고 잠을 자고 있었나요?"

"생각을 하고 있었다고."

"무슨 생각을 하고 있었나요?"

"속담에 '호랑이 담배 먹을 적'이란 말이 있다고. 그런데 호랑이가 어떻게 담배를 피우냐? 동화 속에나 나오는 그만큼 아주 까마득한 시절을 뜻하지."

"왜 그 시절을 생각했나요?"

"그야 나로서는 그 시절이 그리우니까 그랬지."

"왜 그때가 그립죠?"

"넌 '마늘 씹은 호랑이 얼굴'이란 속담도 모르냐?"

"글쎄요."

"옛날부터 전해 오는 '단군 신화'에서 보면, 하늘나라 임금님인 환인은 아들 환웅을 세상에 내려보내서 다스리게 했지. 환웅은 곰과 호랑이에게 쑥과 마늘을 주면서, 이것을 먹으며 100일 동안만 견디면 여자로 변신하여 나하고 결혼할 수가 있다고 약속을 했지. 그런데 호랑이에게 문제가 생겼다고.

속담에 '호랑이 날고기 반기듯'이란 말도 있듯이, 호랑이는 육식 동물이 아니냐. 그런 호랑이가 고기가 아닌 쑥과 마늘만 먹고 어떻게 지내냐! 더군다나 마늘이 좀 매우냐!"

"아하, 이제야 그 뜻을 알겠어요. 먹기 싫은 마늘인데다가 맵기까지 하니까 호랑이의 표정이 어떠했겠어요. 잔뜩 일그러진 얼굴, 하기 싫은 것을 억지로 할 때의 표정을 말하는 것이죠?"

"으허허헛. 맞다, 맞았어. 그 녀석, 참!"

"그 결과는 어찌 되었나요?"

"결과야 뻔할 뻔―자지, 뭐. 곰이 이겼지. 곰이란 놈은 잡식성인데다가 인내심도 강해서 잘 참고 견딘 끝에 여자가 되어 환웅과 결혼했고, 이 땅의 태초의 임금님인 단군을 낳았고……."

"그런데 아저씨는 아까 그 시절이 그립다고 했는데……."

람쥐가 고개를 갸웃거리자, 아저씨가 불평을 합니다.

"곰이 여자가 되어……그건 그렇다 치자고. 그러나 호랑이는 산중의 왕이었다고. 어홍! 호랑이가 소리를 한 번 지르면, 산속에 사는 모든 동물들은 무서워서 몸을 벌벌 떨었고, 그건 사람들도 마찬가지였다고. 나의 조상님들은 그렇게 위풍당당하게 살았는데, 그런데 오늘날의 나는 이 꼴이 뭐냐? 허구한 날, 답답한 우리 속에 갇혀서…… 어휴, 속에서 불이 나서 미치겠네!"

아저씨가 갑자기 몸을 일으키더니 우리 안을 이리저리 돌아다닙니다. 말마따나 갑갑하고, 답답한 표정입니다. 그런 아저씨가 문득 말합니다.

"람쥐, 너 담배 가지고 있나?"

"나는 담배를 못 피우는데요. 그런데 갑자기 담배는…… 왜죠?"

"가지고 있으면 한 대만 주라고. 담배라도 한 대 피워야……이거야, 원!"

"아저씨, 아무리 그렇더라도 진정하세요."

"내가 지금 진정하게 됐냐?"

"그래 봤자라고요. 공연히 아저씨 마음만 더 상할 뿐이라고요."

조금 생각하던 아저씨는

"그런가?"

아까처럼 땅바닥 위에 배를 깔고 길게 엎드립니다. 그리고 심심한지 람쥐에게 장난삼아 말을 건넵니다.

"너는 이 세상에서 제일 무서운 것이 무엇이게?"

"호랑이!"

"틀렸다. 세상에는 호랑이보다도 더 무서운 것이 있지."

"그게 뭐죠?"

"곶감."

그러자 람쥐는 하하하하 웃습니다. 지금 아저씨는 '호랑이와 곶감' 이야기를 말하고 있기 때문입니다. 람쥐도 그 이야기를 엄마한테 들어서 알고 있답니다.

옛날에, 시골의 외딴집에서 엄마와 어린 아이가 단 둘이 살고 있었어요.

어느 날 밤에, 아이는 왠지 자꾸만 울었어요. 그러자 엄마는, 너 그렇게 울면 호랑이가 산에서 내려와서 물어간다고 겁을 주어도, 아이의 울음은 그치지를 않았어요. 이윽고 엄마가, 그럼 곶감 줄게 울지 말라고 말하자 그 소리에 아이는 울음을 뚝 그쳤어요.

마침 방문 밖에는 배가 고픈 호랑이가 산에서 내려와 앉아 있었어요. 호랑이는 생각했어요. 도대체 곶감이 뭐지? 이 세상에서 제일 무서운 호랑이가 물어간다고 해도 울어대던 아이가 곶감이라는 말에 울음을 뚝 그치다니……도대체 그 곶감이란 놈은 어떻게 생겼지? 그러자 은근히 겁을 먹은 호랑이는 슬금슬금 산으로 도망을 쳤대요—그런 옛날 이야기였지요.

갑자기 아저씨가 이번에는 진지한 어조로 말합니다.

"람쥐야!"

"왜요?"

"그런데 말이다, 이 세상에는 그놈의 곶감보다도 더 무서운 것이 있다는 사실을 너는 알고 있냐?"

"그게 뭐죠?"

"양반이라는 사람이다."

"양반이라면, 신분이 높고 점잖은 상류 계급의 사람이 아닌가
요?"

"맞다. 그런데 뭐, 양반이 점잖다고? 하기야 신분이 높으니까
체면 때문에라도 짐짓 점잖은 체 했겠지. 그런데 알고 보니, 그
양반이란 자들은 그게 아니었다고. 오죽했으면 속담에 '양반이
범보다도 더 무섭다'라는 말이 있겠니!

가정맹어호(苛政猛於虎)라는 말이 있다. 가혹한 정치는 호랑이
보다도 더 무섭다는 뜻이라고. 일찍이, 공자님이 제자들과 함께
어느 산길을 걸어가고 있는데, 한 여인이 세 개의 무덤 앞에서 슬
피 울고 있었어. 이상하게 여긴 공자님이 여인에게

"무슨 일로 그렇게 슬퍼하오?"

물어봤더니, 여인이 대답했어.

"이 산골은 호랑이가 무섭기로 소문이 난 곳입니다. 재작년에
시아버님이 호환을 당하셨습니다."

"저런!"

"그런데 작년에는 제 남편이 또 호랑이한테……."

"저런, 저런!"

"어디 그뿐이겠습니까. 금년에는 제 아들이 또……."

"저런, 저런, 저런!"

"이 앞에 있는 세 개의 무덤은 그래서 생긴 것입니다."

"그렇다면 얼른 이 무서운 산골을 떠날 것이지, 그대는 왜 아
직도 머물러서 살고 있소?"

그러자 여인이 공자님에게 말했지.

"그건 모르시는 말씀입니다. 세상으로 나가면 가혹한 세금과 관리들의 등쌀에……차라리 이곳에서 사는 편이 훨씬 낫습니다!"

그러자 공자님은 제자들을 둘러보시며, 가혹한 정치는 호랑이보다도 더 무섭구나! 탄식을 하셨다고."

지금 아저씨의 표정은 심각합니다. 그건 어떤 분노로 잔뜩 일그러진 표정입니다. 이윽고 아저씨가 큰 소리로 말합니다.

"그런데도 사람들은 말하기를, 세상에서 호랑이가 제일 사나운 동물이라고? 자기들은 어떻고? 한마디로, 이 세상에서 제일 무서운 것은 호랑이도 아니고, 곶감도 아니고, 사람이라고, 사람!"

그때, 어느 교실에서 인가 누가 불쑥 말참견을 합니다.

"사람보다도 더 무서운 것이 있다고요."

"너는 누구냐?"

"굳이 아실 것 없어요."

"좋다. 그나저나 사람보다 더 무서운 것이 있다니, 그게 뭐지?"

"돈이에요, 돈!"

"뭐? 돈?"

"생각해 보세요. 사람들은 결국은 돈 때문에 죄 없는 짐승들을 마구 죽이고, 잡아서 동물원에다가 팔아먹고…… 안 그래요?"

"으흐흐흐."

그 말에 아저씨는 그만 웃습니다. 그건 웃음도, 울음도 아닌 야릇한 웃음이었습니다.

그때, 또 어느 교실에서인가 갑자기 큰 목소리가 울립니다.

"어이구, 저 꼬마를 그냥……."

"왜 그러세요, 사자 아저씨?"

또 다른 교실에서 누가 물어보자, 사자가 시부렁거립니다.

"내가 지금 화가 치밀어서 그런다. 아까부터 구경꾼들 중에서 어린 꼬마 녀석이 나를 자꾸 약을 올리고 있다고. 내가 육식성이라는 것도 모르고, 과자를 먹으라며 그것도 던져줄 듯 말 듯, 내가 화가 나서 으헝, 으힝! 소리쳐도 꼬마 녀석은 주먹질을 하는 시늉을 하면서 자꾸만 놀려대고 있으니……어이구, 내가 미치겠구먼! 아아, 그리운 초원이여! 초원의 영광이여!"

그러자 호랑이 아저씨가 문득 말합니다.

"람쥐야, 나는 사자, 저 친구의 심경을 충분히 이해한다. 속담에 '하룻강아지 범 무서운 줄 모른다'는 말이 있지. 하룻강아지란 태어난 지 얼마 안 되는 어린 강아지를 말하는데, 한때는 드넓은 아프리카 초원을 호령하던 사자가 지금은 비좁은 철책 우리 속에 갇혀, 더구나 하룻강아지나 다름없는 어린 꼬마 녀석의 주먹질 놀림감이 되고 있으니……허허허허. 으허허헛."

아저씨의 웃음은 공허했습니다. 그리고 왠지 슬픈 표정이었습니다.

여우 교실

동물들은 타고난 외모와 성질이 있기 때문에, 이 동물원 학교에서는 나름대로의 평판이 따라다닙니다. 가령 호랑이는 폭군, 코끼리는 먹보, 원숭이는 장난꾼…… 물론 그런 별명들은 평판에서 비롯된 것이 많은데, 평판이든 별명이든, 어쨌거나 그것은 남들이 그렇게 여기는 것이기 때문에, 당사자는 싫어도 어쩔 수가 없습니다.

그렇다면, 여우는 어떨까요?

몸이 홀쭉하고, 주둥이가 삐쭉 튀어나오고, 두 귀가 뾰족한 여우는 꾀가 많기 때문에 교활하고, 간사하고, 변덕스러운 동물이라고 동물원 학교에는 두루 소문이 퍼져 있습니다. 여우로서는 그런 평판이 좋을 리야 없겠지만, 그러나 어쩌겠습니까. 남들이 말하는 그대로 받아들이는 수밖에요. 그들의 눈에는 그렇게 보였으니까요.

지금 굴 밖에는 비가 내리고 있습니다.

람쥐는 엄마랑 굴의 입구에서 바깥을 바라보며 비가 그치기를 기다리고 있습니다.

"엄마, 엄마!"

"왜 그러니?"

"비가 언제 그치지?"

"곧 그칠 것이다."

"그걸 엄마가 어떻게 알지?"

"저건 여우비니까."

"여우비?"

"그래. 볕이 난 날에 잠깐 동안 뿌리는 비를 여우비라고 한단다."

"우습다."

"어디 그뿐이냐? 날이 궂은날, 잠깐 나타났다가 숨는 볕을 여우볕이라고 하지."

"하하하하. 여우비, 여우볕……그러고 보니, 비나 볕 앞에 모두 '여우'가 붙었네. 왜 그렇지?"

"그야 모두 여우처럼 변덕이 심하니까."

문득 엄마가 말합니다.

"보아라! 비가 그치고 다시 햇빛이 비치지?"

"하하하. 엄마 말대로, 정말이네!"

그런 람쥐가

"그런데, 왜 동물원 가족들은 여우를 싫어하지?"

물어보자, 엄마는 조금 생각합니다. 그리고 마땅한 이야기를 찾은 듯 엄마가 말합니다.

"들어보세요, 우리 람쥐! 하루는 여우가 포도원 근처를 지나가던 길이었어요. 마침 포도원에는 잘 익은 포도송이들이 주렁주렁 나뭇가지에 매달려 있었어요. 배가 잔뜩 고프던 여우는 그것 중에서 가장 탐스러운 포도송이를 향해 껑충 뛰어올랐어요. 그랬지만, 손이 포도송이에 미치지를 못했어요. 또 뛰어오르고, 또다시 뛰어보고……그랬지만 여우는 도저히 그 포도송이를 딸 수가 없었어요. 그러자 지친 여우는 그 자리를 떠나면서 혼자 중얼거렸어요. 저 포도는 틀림없이 맛이 실거야—라고. 이것은 서양의 이솝이라는 사람이 쓴 '이솝 우화'에 실려 있는 이야기라더구나."

"엄마. 엄마, 그 뜻이 뭐야?"

"우리 람쥐, 너는 그 뜻이 무엇인지 네가 먼저 말해 보렴."

조금 생각하다 람쥐가 말합니다.

"만약에 여우가 포도를 땄으면 말이 달랐을 거야."

"어떻게?"

"과연 이 포도의 맛은 최고야—라고. 안 그래, 엄마?"

"어이구, 우리 람쥐, 똑똑도 하지!"

엄마가 람쥐의 볼에다가 다정하게 뽀뽀를 합니다.

비가 그치자 엄마는 엄마대로, 람쥐는 람쥐대로 볼 일을 보러 외출을 합니다. 그러자 람쥐는 오늘은 또 어디로 놀러갈까 생각합니다. 물론 먹는 것도 중요하지만, 람쥐로서는 지금은 노는 것이 더 재미가 있으니까요.

"옳지!"

여우비, 여우볕……그래, 그래. 오늘은 여우 교실에 가서 놀자고!

동물원 학교를 찾아간 람쥐는 조금 후에 여우 교실 앞에 다다릅니다. 그리고 어렵지 않게 그 우리 안으로 들어갑니다.

"아저씨, 안녕하세요?"

람쥐가 인사를 하자, 수컷 여우가 말합니다.

"너도 잘 지냈냐?"

"그런데 아줌마는 왜 안 보여요?"

"아이들에게 젖을 주느라고, 저 안에 있지."

며칠 전에 암컷 여우는 여러 마리의 새끼들을 낳았습니다. 그 새끼들에게 젖을 주느라고 지금 굴속에 들어앉아 있다는 것입니다.

"그런데, 람쥐!"

"왜 그러시나요?"

"너, 혹시 밖에서 나에 관한 소문을 못 들었냐?"

"소문이라니요?"

"이를 테면 여우가 어쩌고저쩌고……여우의 흉을 보는 말들을 듣지 못했느냐, 이거지."

"듣지 못했는데요."

아까 람쥐도 엄마랑 여우가 어쩌고저쩌고, 여우에 대해서 이야기를 나누었었지만, 람쥐는 지금 시치미를 뚝 떼고 거짓말을 합니다. 행여나 여우 아저씨가 기분이 나쁠까봐서 그런 것입니다.

"그렇다면 다행이다."

"그런데 아저씨는 왜 남들의 말에 그렇게 신경을 쓰나요?"

"으응, 그건 내가 아까도 말했지만, 여우가 어쩌고저쩌고 하며 그들은 틈만 나면 심심풀이로 입방아를 찧곤 한다고. 그런데 그게 대체로, 아니지, 거의 전부가, 아니지, 몽땅 여우를 험담하는 말들이라고. 그러니 나로서는 기분이 나쁠 수밖에. 그러자 오늘은 그들이 또 무슨 험담을 했나, 자꾸 신경이 쓰인단 말씀야. 안 그렇겠냐?"

아저씨가 이어서 말합니다.

"옛날에, 호랑이가 사냥을 나갔다가 여우를 잡았다. 그러나 여우는 호락호락 그냥 당할 바보가 아니라고. 당장 꾀를 내어 호랑이에게 말했지.

"너는 나를 잡아먹지 못해!"

"웃기지 마라. 나는 당장 너를 먹어치울 수가 있어. 그나저나 네 얘기나 좀 더 들어보자. 내가 왜 너를 잡아먹지 못한다는 거냐?"

"나는 하느님이 동물의 왕으로 이 세상에 내려 보냈거든. 그러니 네가 어떻게 왕을 해칠 수가 있냐. 그건 하늘을 거역하는 일로 크게 벌을 받을 것이란 말이다."

"뭐? 네가 동물의 왕이라고?"

"진짜인지, 아닌지를 보여 줄까?"

"좋다."

호랑이가 찬성을 하자, 여우는 앞장을 서서 숲속을 걸어갔다고. 호랑이는 그 뒤에 서서 여우를 따라갔지. 그런데 여우를 본 숲속의 동물들은 너도나도 슬금슬금 도망을 갔다고. 그러자 여우의 뒤를 따라가던 호랑이는 생각했지. 과연 여우의 말대로구나!

여우를 보자, 숲속의 동물들이 모두 도망가는 걸 보면 알 수가 있지—라고 말이다."

람쥐의 눈치를 힐끔 살핀 아저씨가 곧 물어봅니다.

"앞에서 내가 들려준 이야기는 오늘날까지도 전해져 내려오는 여우에 관한 이야기들 중의 하나라고. 람쥐, 그 이야기에 대한 너의 의견을 들어보자. 무슨 말이든지 좋다. 너를 조금도 야단치지 않겠다."

아저씨가 약속을 하자, 람쥐는 용기를 내어 자기의 생각을 솔직하게 말합니다.

"숲속의 동물들이 도망을 간 것은 여우가 무서워서가 아니라, 그 뒤를 따라오는 호랑이를 발견하고 겁이 나서 도망친 게 아닐까요?"

"히히히힛. 네 말이 맞다."

"그렇다면 여우는 비겁한 짓을 한 게 아닐까요?"

"호가호위(狐假虎威)라는 말이 있다. 여우가 호랑이의 위엄을 빌린다는, 남의 권세를 빌려 위세를 부림을 비유한 말이지. 그러니 그것도 네 말이 맞았다."

"그러니까 그랬고나!"

"뭐가 그러니까 그랬고나라는 말이냐?"

"바깥에서는 모두가 여우는 꾀가 많아서 교활하고, 간사하고, 변덕스럽다느니 말하거든요."

"바로 그거다."

"네?"

"내가 하고 싶던 말이 바로 그 점이지. 역지사지(易地思之)라는 말이 있다. 처지나 입장을 바꾸어 생각한다는 뜻이지. 람쥐, 네가 만약에 여우의 처지였다면, 그때 어쩔 것이냐? 나를 잡아 잡수, 그냥 고분하게 호랑이의 먹이가 되겠니, 아니면 어떻게 해서든지 살아보려고 애를 쓰겠니?"

"글쎄요."

"대답이 애매하다는 것은, 여우를 무조건 비웃거나 나무랄 수도 없다는 뜻이다. 아니냐?"

"그러고 보니, 그렇네요."

"이건 너만 그런 게 아니고 모두가 그럴 게다. 그러면서도 덩달아서 여우를 그저 비난할 뿐이다. 이건 동물들만 그런 게 아니고, 사람들도 마찬가지다. 특히 우리 동물들보다 잘났다고 으스대는 사람들이 더 문제다. 한 예로, 그들은 매우 교활하고 변덕스러운 여자를 흔히 '여우'라고, 매우 간사하고 요망스러우면 '여우같다'라고 말하곤 한다고. 어디, 그게 말이나 되냐? 자기들은 여우보다 얼마나 떳떳하다고 그러지?"

아저씨의 입가에는 잔잔한 웃음이 내비칩니다. 그건 그냥 웃음이 아니라 비웃음인 듯싶습니다.

"속담에 '송충이는 솔잎을 먹어야 한다' 또는 '도련님한테는 당나귀가 제 격'이라는 말이 있다. 자기 분수를 알아야 한다는, 자기의 처지에 맞게 살라는 뜻이지. 그러니까 여우도 주제넘게 호랑이의 위세를 빌려서 허세를 부리지 말라는 뜻이다. 그러나 그대들은 어떻게 살고 있나? 그렇게 살고 있나?"

바로 그때입니다. 언제 마당으로 나왔는지, 아줌마 여우가 얼른 남편에게 말합니다.

"당신 말이 옳아요!"

그러더니 이번에는 람쥐를 바라보며 말합니다.

"람쥐야, 말이 난 김에 나도 한마디 해야겠다. 안자지어(晏子之御)라는 말이 있단다. 안자라는 분의 마부라는, 원래는 보잘것 없는 신분임에도 윗사람의 권세를 빌려 우쭐대는 사람을 비아냥거리는 뜻이지만, 여기서 나는 그 부인의 예를 통해서 말하려고 해."

"그의 부인이 어떤 분인데요?"

"중국의 춘추시대에, 제나라에 안영이란 덕망이 높은 재상이 있었단다. 하도 세상을 잘 다스려서 사람들은 그에게 안자라고 경칭을 붙일 정도였어. 그런데 그의 수레를 모는 마부는 지나가는 마차에다가 경의를 표하는 백성들의 인사를 마치 자기한테 하는 것인 양 착각을 하며 거들먹거렸다. 그러자 하루는 그의 아내가 말했어. 당신의 그 꼬락서니를 더 이상 볼 수가 없으니, 요즘 말로 주제를 파악하든가 아니면 이혼을 하자고 말이다. 뒤늦게 크게 깨달은 마부는 아주 겸손해졌다고 하는데……."

"그래서요?"

"이 녀석아, 그래서요는 뭐가 그래서요냐? 세상에 그런 멍청이 같은 여편네가 어디 있니! 그런 남편에게 핀잔을 줄 게 아니라, 오히려 칭찬하며 부추겨야지. 그러면서 남편의 덕을 봐야지. 남편의 지위를 이용하여 땅 투기라든가 부동산 투기를 해서 한밑천 크게 잡아야지. 그게 똑똑하고 현명한 여자지. 안 그러냐, 애야? 호호호홋."

곰 교실

깊은 산에 사는 곰은 몸집이 우람하고 힘이 무척 셉니다. 두 다리로 버티고 일어서기도 하고, 수영도 아주 잘하고, 나무도 잘 탑니다. 잡식성이라서 풀이나 풀뿌리, 나무 열매는 물론이고, 모든 육류와 물고기나 조개, 가재 등도 이것저것 가리지 않고 닥치는 대로 잘 잡아먹습니다. 말하자면 인간들처럼 '전천후 식성'을 타고났다고나 할까요.

그런데 흔히 사람들은 곰이 미련한 동물이라고 즐겨 말합니다만, 그러나 천만에요! 곰에게 잡힌 조개는 단단한 껍질을 꽉 다문 채 열어주지를 않습니다. 곰은 바위에다가 내리쳐서 껍질을 깰까요? 그게 아닙니다. 햇볕에 뜨겁게 달구어진 바위 위에다가 조개를 얹어놓고 기다립니다. 시간이 지나자, 뜨거워서 견디다 못한 조개는 스스로 껍질을 벌립니다. 그렇듯 곰은 그때까지 기다릴 줄도 아는 지혜와 인내를 가진 동물이랍니다.

낮잠을 즐기고 있던 곰이 부시시 눈을 뜹니다. 어디선가 깩깩 시끄러운 소리가 갑자기 동물원 학교에 울려 퍼졌기 때문에, 그 소리에 잠이 깬 것입니다.

"누가 저러지?"

곰은 혼잣말로 중얼거립니다.

여러 마리가 한 우리 속에서 지내는 동물들은 이따금 자기네들끼리 싸움질을 벌일 때가 있습니다. 동물들은 서열 의식이 강합니다. 물론 힘이 센 자일수록 서열이 높고, 만약에 어느 녀석이 그 서열을 무시했다 싶으면 강자는 약자를 사정없이 공격하여 혼을 냅니다. 또 먹이를 놓고 다투기도 합니다. 내 것을 남이 빼앗거나 훔친 경우에도 서로 싸우기가 일쑤입니다.

시끄러운 소리에 선잠을 깨자 꾸역 하품을 해댄 곰이 우리 안을 어슬렁거리며 한 바퀴를 돌고 나자, 누가 안으로 들어오며 인사를 합니다.

"곰 아저씨, 안녕하세요?"

"오오, 람쥐가 왔구나, 어서 오너라."

"그런데 아저씨는 왜 자꾸 하품을 하시나요?"

"햇볕이 따뜻하자, 나도 모르게 깜빡 잠이 들었지. 그런데 갑자기 깩깩대며 비명소리가 울리지 않겠니. 그래서 잠이 깼고, 그러자 하품이 자꾸 나오고…… 그건 틀림없이 원숭이 교실에서 울렸는데. 그런데 녀석들이 오늘은 왜 또 그랬는지 모르겠다고."

그러자 람쥐가 웃으면서 말합니다.

"아저씨 말이 맞아요. 시끄러운 소리가 울린 건 바로 원숭이 교실이었어요."

"넌 그걸 어떻게 아냐?"

"조금 전에 그 근처를 지나치다가 봤다고요."

"녀석들이 왜 싸웠냐?"

"어떤 구경꾼이 바나나를 한 개 넣어줬어요. 한 원숭이가 잽싸게 그걸 받아들었는데, 옆에 있던 다른 원숭이가 얼른 그걸 가로챘어요. 그러자 둘이는 도로 빼앗으려고 뒤쫓고, 빼앗기지 않으려고 도망을 다니다가…… 하하하하."

"너, 말하다가 말고 왜 웃냐?"

"그만 바나나를 놓쳐버렸지 뭐예요. 그러자 구경을 하고 있던 다른 원숭이가 냉큼 주워다가 눈 깜빡할 사이에 먹어 버렸다고요. 둘이서 싸우다가 결국 남 좋은 일을 시켰다고요. 하하하하. 하하하하."

"허허허허. 허허허허."

곰 아저씨도 한바탕 웃습니다. 그러더니 무슨 생각이 났는지 말합니다.

"싸우면 안 된다고. 특히 동물들일수록 싸우면……."

"동물들일수록 싸우면 왜 안 되나요?"

"어부지리(漁父之利)라는 말이 있다고. 어부의 이득이라는 말인데, 둘이 다투는 사이에 엉뚱한 다른 자가 이득을 얻는다는 뜻이지.

옛날에, 민물에 사는 방합 조개가 강변에서 입을 쩍 벌리고 햇볕을 쪼이고 있는데, 지나가던 도요새가 이를 보자 냉큼 달려들어 조개의 속살을 쪼았다고. 깜짝 놀란 조개가 얼른 입을 닫아 도요새의 부리를 물었지. 내 부리를 놓아라. 못 놓겠다. 안 놓으면 너는 굶어 죽는다. 나만 그러냐, 너도 마찬가지라고. 이렇게 둘이 서로 다투는 사이에, 마침 지나가던 어부가 그들을 발견하고 손쉽게 둘을 다 잡아버렸다고."

"바나나를 놓고 원숭이 둘이 싸우다가 결국은 엉뚱하게도⋯⋯ 하하하하."

"방휼지쟁(蚌鷸之爭)이란 말이 있어. 방합 조개와 도요새의 다툼― 둘이 서로 싸우다가 결국은 어부 좋은 일만 했다는 뜻으로, 어부지리와 짝이 되어 함께 쓰인다고."

"그것, 참!"

"어디 그뿐이냐? 견토지쟁(犬兎之爭)이라는 말도 있지.

옛날에, 발이 빠른 개가 재빠른 토끼를 발견하고 뒤를 쫓았어. 두 마리는 산으로, 골짜기로 수십 리를 쫓고, 쫓기며 달리다가 그만 지쳐서 쓰러지고 말았지 뭐냐. 그러자 그들을 발견한 농부가 힘들이지 않고 두 마리를 다 잡아버렸다고.

전부지공(田夫之功)이라는 말이 있어. 전부는 농부라는 말로, 불로소득(不勞所得)― 힘 들이지 않고 이득을 보았다는 빈정대는 뜻이 담겨 있다고."

"아하, 이제야 아저씨의 말을 이해하겠어요."

"말해 보렴."

"방합 조개와 도요새가 다투다가 결국 어부만 이롭게 되었다는, 개와 토끼가 다투다가 결국 농부만 이롭게 되었다는…… 방합 조개와 도요새, 개와 토끼는 모두 살아서 숨을 쉬는…… 동물들일수록 다투면 안 된다는 것은 그러다가 결국 사람 좋은 일만 시키니까 그런 거라고요. 아닌가요?"

"어이구, 람쥐는 똑똑도 하구나. 맞다고, 맞아! 어부와 농부는 힘들이지 않고 득을 보았지. 싸우면 안 돼. 동물들일수록 싸우면 안 돼! 그러다가 사람들 좋은 일만 시키니까. 알겠니?"

"네, 아저씨!"

"속담에도 '재주는 곰이 넘고, 돈은 되놈이 번다'는 말이 있다고. 곰이 재주를 부렸으면, 구경꾼들로부터 번 돈도 곰이 가져야지, 엉뚱하게 되놈이 가지면 되겠냐."

"되놈은 누구인가요?"

"중국 사람을 낮추어 부르는 말이라고. 중국인들은 곰 같은 동물을 길들이는 재주가 뛰어나서, 거리의 구경꾼들 앞에서 곰에게 재주를 넘게 하고, 돈을 벌었거든."

"그것도 어부지리나 전부지공이나 마찬가지 경우로군요."

"어쨌든 싸우면 안 돼. 동물들일수록 더욱……."

바로 그때, 호랑이 교실에서 큰 소리가 들려옵니다.

"야, 야, 이 미련한 곰아. 웃기지 마라. 누군 싸우고 싶어서 싸우냐?"

그러자 곰 아저씨도 큰 소리로 대꾸합니다.

"심심하면 낮잠이나 잘 것이지, 자넨 왜 불쑥 말참견인가?"

"하도 미련한 소리를 자꾸 하니까, 듣다못해 그런다."

"내가 미련하다고?"

"그럼 아니냐? 동물은 살기 위해서 먹어야 하고, 먹으려면 어쩔 수 없이 남들과 싸워야만 해. 그게 동물의 세계라는 것도 모르냐? 그런데도 동물들끼리 싸우지 말라느니……."

"넌 내 말귀를 못 알아들어서 그런 거라고. 내 말은 그러다가 엉뚱하게 사람 좋은 일만 시키니까 그런 거라고. 알겠는가?"

"그건 나중 일이란 말이다. 당장 배가 고파 죽겠는데, 뒷걱정까지 할 틈이 어디 있단 말이냐!"

"호랑이, 자네는 예나 지금이나 성질이 급해서 탈일세."

"내가 뭐가 어때서?"

"자네가 아니고, 자네의 조상님을 말하고 있네."

"왜 우리 조상을 들먹이지?"

"그때, 죽어라 참고 쑥과 마늘을 우리 조상님처럼 100일 동안 먹으며 견뎠더라면, 호랑이도 여자로 변신해서 환웅님과 결혼하여, 지금은……."

"어어, 저 곰놈이 갑자기 그 '단군 신화' 얘기는 왜 꺼내서 내 신경을 건드리지? 그러잖아도 난 너 같은 곰들만 보면, 유감이 많다고. 어쩔 수없이 그때가 떠올라서 울화통이 치미는 판에, 네 놈도 느닷없이…… 어이구, 저 미련한 곰놈!"

"허허허허. 화를 내봤자, 자네만 몸에 해롭다고. 내가 참아야지, 참아야……아암, 그래야지. 허허허허."

웃어댄 아저씨가 더는 호랑이에게 대꾸를 하지 않자, 그쪽에서도 그만 재미가 없어서인지 더는 시비를 걸어오지 않습니다.

"아저씨!"

"왜 그러니?"

"아까 호랑이 아저씨는 말끝마다 미련한 곰이라고 놀려댔는데, 곰은 정말 미련한가요?"

"하긴."

이어 아저씨가 람쥐에게 말합니다.

"속담에 '곰 창(槍)날 받듯'이란 말이 있단다. 누가 곰을 날카로운 창으로 찌르면, 곰은 어디 더 찔러보라는 듯이 그 창을 잡아끌어 뱃속으로 당긴다는, 미련해서 자기의 행동이 스스로를 해칠 때 쓰는 말이라고. 사람들은 그렇듯 곰을 미련하다고 했고, 곰은 곧 미련한 사람을 가리키는 말이기도 할 정도라고. 허허허허."

"남들이 그렇게 놀려도 아저씨는 잘도 참던데, 화가 나지도 않으세요?"

"화를 내봤자, 나만 손해라고. 그래서 나는 참는다고."

"아저씨, 아저씨, 그런데 웅담이라는 게 뭐죠?"

"으응, 그거? 곰의 쓸개를 웅담이라고 하는데, 갑자기 그건 왜 묻지?"

"아까, 아저씨네 교실로 들어오다가 들으니까, 지나가던 어떤 구경꾼 둘이서 이번 주일에 우리 웅담 먹으러 가세나 하면서 어쩌고저쩌고 주고받는 말을 들었거든요. 그게 사람 몸에 좋은가요?"

"예로부터 한의사들은 웅담이 안질, 치루, 열병, 치통, 타박상 등 만병통치의 약이라며……그러자 사람들은 너도나도 웅담을 찾았지. 특히 요즘에는 곰을 잡아다가 우리 속에 가둔 다음에 배를 가르고, 곰의 쓸개에다가 가느다란 고무호스를 연결해서 그 끝을 입에 물고 곰의 쓸개즙을 빨아 먹게 하는 장사꾼들도 있다는 말을 들었다고."

"누가 그걸 사 먹죠?"

"죽은 곰의 웅담도 값이 비싸지만, 더구나 살아 있는 곰의 쓸개즙이니까 더욱 비싸기 때문에, 돈 많은 부자들이 그런다고 하더라고."

"살아 있는 곰을 우리 속에다가 가두어놓고, 고무호스로 쓸개즙을 빨아먹게 하다니…… 그런 장사꾼이나, 그걸 몸에 좋다고 빨아 먹는 부자들이나…… 잔인한 사람들!"

"원래가 그들은 그렇다고. 그러면서도 아닌 체……."

"언제나, 어디를 가나 사람들이 문제라고요, 문제!"

"그래도 어쩌겠니."

"아저씨는 화를 이번에도 참네요. 그러니까 미련하다고 남들이 놀리죠."

그러자 곰 아저씨가 혼잣말처럼 중얼거립니다.

"내가 죽어서 다시 태어난다면, 영리한 인간보다는 차라리 미련한 곰이 되고 싶다고. 그게 낫다고. 흐흐흐흐."

그건 웃음이 아닙니다. 지금 곰 아저씨는 무엇이 서러운지 갑자기 울고 있습니다.

"아저씨는 왜 우시나요?"

"하도 어처구니가 없어서, 그게 자꾸 서러워서……."

"무슨 말인가요?"

"이 땅의 최초 임금님인 단군 왕검의 어머니는 알고 보면 우리의 조상인 곰인데, 그러하다고 학교 교과서에도 나오는데, 그런데 다른 나라 사람들도 아닌 이 땅의 사람들이 아무리 몸에 좋기로 곰의 쓸개를, 더구나 살아 있는 곰을 가두어놓고, 고무호스를 박아 쓸개즙을 빨아 먹다니……."

"아저씨, 울지 마세요."

"그러려면 차라리 학교에서 그렇게 가르치지나 말지. 그렇게 배운 자들이 뒤돌아서서는 나 몰라라 그런 짓들을…… 그게 어째서 문화인들이냐? 야만인들이지!"

이웃 동물들

제2부

이웃 동물들

외양간 교실

"람쥐야!"

어느 날, 엄마가 문득 부릅니다.

"왜, 엄마?"

"넌 요즘에 어디로 놀러 다니지?"

"그건 왜 물어봐?"

"다른 뜻은 아니고, 요즘에는 네가 전처럼 동물원 학교에 자주 놀러가는 것 같지가 않아서 그래."

역시 엄마는 눈치가 빠르다고 생각하며 람쥐가 말합니다.

"당분간 그곳엔 안 가기로 했어."

"왜지?"

"다녀오면 왠지 마음이……."

"마음이 어때서?"

이어 엄마가 말합니다.

"누가 우리 람쥐를 얕잡아 보았니?"

"무슨 말이지, 그게?"

"자기들보다 몸이 아주 작다든가, 힘이 세지를 못하다든가, 생김새가 너무 다르다든가, 그래서……."

"아니, 그렇지 않아, 엄마! 나한테 모두 친절한 걸. 내가 찾아가면 모두들 반겨 주고, 또 놀러오라고 그러는 걸."

"그런데도 우리 람쥐의 마음이 왜 전처럼 밝지가 않을까?"

고개를 갸우뚱 조금 생각하던 엄마가 웃으며 말합니다.

"옳지, 알았다!"

"뭘 알았는데?"

"모두들 너한테 친절한데도, 다녀오면 마음이 왠지 썩 즐겁지가 않다는 것은 네가 그만큼 자랐다는 증거야. 철이 들었다는 뜻이라고."

"철이 들었다는 것은 무슨 뜻이야?"

"그건 무엇이 옳고 그르다는 것을 스스로 분별할 줄 아는 힘이 생겼다는 뜻인데……그건 네가 차츰차츰 더 잘 알게 될 거야."

"지금 얘기해주면 안 돼?"

"물론 지금 얘기해 줄 수도 있어. 하지만 스스로 깨달아야 돼.

그래야만 해. 그게 자랐다는 증거이고, 그게 중요해. 지금은 그저 놀러 다니기만 하면 돼. 알겠니?"

그러면서 엄마가 넌지시 말합니다.

"그러면 동물원 교실들은 뒤에 또 가고, 그곳 말고 당분간 다른 교실들을 찾아가 보면 어떻겠니? 그런 데도 얼마나 재미있다고!"

엄마의 말에, 커다란 두 눈을 반짝거리며 람쥐가 대뜸 물어봅니다.

"거기가 어딘데?"

"우리집에서 조금 멀 수도 있지만, 이제부터는 너도 차츰차츰 더 멀리 나돌아 다니는 것을 배워야 해. 또, 그럴 때가 되었거든."

우선 오늘은 이곳을 찾아가 보라면서, 엄마가 가는 길을 일러 줍니다. 산 너머로서 동물원 학교와는 다른 쪽입니다. 그런 엄마는 아무래도 걱정이 되는지, 어느 만큼 함께 가다가 이제부터는 네가 그곳까지 혼자 가라고 말한 다음 어디론가 휭 가버립니다.

람쥐가 찾아간 곳은 여물통이 있는 외양간입니다. 지금 그 안에는 커다란 황소 한 마리가 서서 한가롭게 무엇인가 우물우물 씹고 있습니다.

"안녕하세요?"

"너는 누구냐?"

소가 물어보자, 람쥐는 자기는 어디에 사는 누구라고 말하며 놀러왔다고 말합니다.

"어어, 람쥐라고 그랬냐? 나도 심심하던 김에 잘 왔다고. 반가워!"

"그런데, 아저씨는 아까부터 무얼 자꾸만 먹고 있나요?"

"어허허허. 너는 참으로 호기심이 많은 꼬마 다람쥐로구나. 만나자마자 대뜸 질문부터 하다니. 그게 이상하단 말이지?"

"그래요. 여물통은 저기 있는데, 아저씨는 이만큼 떨어져 있으면서도 아까부터 자꾸만 무엇인가를 우물우물 계속해서 씹고 있으니까요."

"허헛, 그 녀석! 하긴 네 눈에는 이상하게 보일 게다. 이건 되새김질이라고 하는 거란다."

"되새김질?"

"소나 양, 낙타, 사슴 같은 동물을 반추 동물이라고 하지. 반추가 무슨 뜻이냐 하면, 한 번 삼킨 먹이를 다시 게워 내어 되씹는 일을 말한다고."

"왜 그래야만 하나요?"

"배가 고파 건성건성 대충 씹어서 뱃속으로 들여보낸 것은 그만큼 소화가 잘 안 되거든. 그러자 이렇게 틈이 나면 다시 꺼내다시 잘 씹는 거라고. 이젠 알겠느냐?"

"무슨 뜻인지 알겠어요. 그렇다면 반추 동물들은 참 좋겠네요."

"어째서 그렇단 말이냐?"

"우선 다시 잘 씹으니까 그만큼 소화가 잘 되어서 좋고, 지금처럼 혼자일 때는 심심하지 않아서 좋고요. 안 그래요, 아저씨?"

"네 말이 맞다. 허허허허."

아저씨가 흐뭇하게 웃습니다. 아주 기분이 좋은 표정입니다.

"그런데, 아저씨!"

"무엇이냐, 람쥐?"

"이 외양간은 아무래도 외지고, 허술하네요. 누가 마음대로 들어올 수도 있겠어요."

"누가 아니라느냐. 그래서 주인에게 외양간을 튼튼하게 고쳐 달라고 부탁을 하고도 싶지만……이런 문제는 그때그때 주인이 알아서 고쳐놔야지, 안 그러면 뒤에 크게 후회한다고."

"왜 후회를 하나요?"

"우리 속담에 '소 잃고 외양간 고친다'는 말이 있단다. 한밤중에 도둑이 들어와서 소를 훔쳐간 후에, 소를 잃고 뒤늦게 외양간을 고친들 무슨 소용이 있겠냐? 안 그러냐?"

"소를 잃기 전에 고쳐야……."

"망양보뢰(亡羊補牢)라는 말이 있단다. 망할 '망'은 잃어버린다는, 기울 '보'는 고친다는 뜻이지.

옛날 중국의 전국 시대에, 초나라에 장신이란 충신이 있었다고. 그는 간신들의 손에 놀아나는 왕에게, 주위의 간신들을 멀리하여 나라를 바로 잡으라고 직언을 했단다. 그러나 왕의 귀에는 그 말이 들릴 리가 없고, 오히려 장신을 멀리 했다고. 오래지 않아 이웃의 진나라가 초나라를 공략하자, 비로소 뒤늦게 정신을 차린 왕은 장신을 불러 대책을 물어봤어. 그러자 장신이, 양을 잃고 우리를 고쳐도 늦지 않았다고 말했단다."

"하하하하. 늦지 않았다는 것은 은근히 왕을 비꼰 말이로군요?"

"네 말도 맞다. 이미 때는 늦었지만, 그러나 지금부터라도 정신을 차리면 앞으로의 더 큰 화를 막을 수 있다는 뜻도 있지."

"우리 속담에는 '소' 중국에서는 '양'이 등장을 했네요."

"당시 그곳에서는 양을 많이 키웠던 모양이다. 그러나 그 뜻은 같지 않니?"

"똑같아요!"

"우리 속담에 '원님 행차 뒤에 나팔 불기'라는 말도 있다고. 원님이란 옛날에 고을을 다스리던 관리인데, 그 원님이 지나간 다음에야 나팔을 불며 호들갑을 떨어봤자 무슨 소용이 있냐고. 안 그러냐?"

"원님이 지나가기 전에 그랬어야 사람들이 구경을 나왔을 텐데……."

"그것만이 아니라고. 사후약방문(死後藥方文)이란 말도 있다고. 약방문이란 약을 짓기 위해 약의 이름과 분량을 적은 종이인데, 환자가 죽은 뒤에, 때가 지난 뒤에 어리석게 애를 쓴다는 뜻이지. 우리 속담에 '죽은 뒤에 술 석 잔 말고 생전에 한잔 술이 달다'라는 말도, 뒤에 후회하지 말고 오늘 잘하라는, 알고 보면 비슷한 뜻이라고."

아저씨는 아는 것이 많습니다. 그러자 람쥐는 이곳에 놀러오기를 잘했다는 생각이 듭니다. 앞서, 이 외양간 교실을 일러준 엄마가 여간 고맙지를 않습니다.

"아저씨는 마음씨가 좋고, 점잖게 생기셨어요."

"허허허허. 내가 그렇게 보이냐?"

"그래요."

"하긴 내가 생각해도 그렇긴 하다고. 나는 여간 해서는 화를 내지도, 남의 일에 신경을 쓰지 않는다고. 그러자 우리 속담에도 '소 닭 보듯 닭 소 보듯'이란 말이 있을 정도지. 이건 아무 관심이 없이 본 둥 만 둥 할 때 쓰는 말인데, 어디 그뿐이냐? 하도 어처구니가 없는 일이라서 소까지 비웃는다는 뜻으로 '소가 짖겠다'라는 말도, 뜻밖의 상대에게 해를 입을 때 '소한테 물렸다'는 말도 있을 정도로……."

"소가 짖고, 물기도 하나요?"

"소가 어떻게 짖냐? 개나 짖지. 점잖은 소가 왜 무냐? 사나운 짐승들이나 남을 물지."

그러면서 아저씨가 말합니다.

"그런데도 사람들은 성격이 무던하고 착한 우리를 칭찬은 못할망정 싹 무시를 한다고. 우이독경(牛耳讀經)이란 말이 있는데, 우리 속담에 '쇠 귀에 경 읽기'라는 말과 같은 뜻이지. 경(經)이라는 것은 부처님이나 공자님이나 예수님의 가르침처럼 성인의 말씀을 기록한 책이란다. 그러니 그 말은, 소처럼 어리석은 자에게는 아무리 좋은 말을 들려주어도 소용이 없다는 뜻이라고. 어디 그뿐인 줄 아니? 대우탄금(對牛彈琴)이란 말도 있지. 소에게 거문고로 아무리 아름다운 연주를 들려준들 소가 그 음악을 알아듣겠느냐는 뜻이지.

이렇듯 사람들은 툭하면 우리를 싹 무시를 하는데, 그러나 천만에 말씀! 듣자니까, 외국의 어느 농장에서 기르는 소들에게 틈틈이 왈츠 곡을 들려주니까, 우유 생산량이 전보다 훨씬 많아졌다는 거야. 소들도 그만큼 음악을 좋아한다는 증거라고. 그걸 보면, 동물들도 음악을 알아듣는다는 것을 여태껏 모르고 지냈던 사람들이 무식하지, 어째서 소가 무식하냐고?"

갑자기 아저씨가 코로 푸우 푸—가쁜 숨을 내뿜습니다. 아무리 성격이 무던한 아저씨라도 그만 지금은 비위가 상한 듯싶습니다.

"그런데 아저씨는 하루 종일 여기서 되새김질만 하고 있나요?"

"그랬으면 오죽 좋겠니. 이러다가도 주인한테 끌려나가서 밭도 갈고, 논도 갈고, 무거운 짐도 나르고……."

"알고 보니, 아저씨는 힘든 일을 많이 하는군요."

"사람들은 우리를 그렇게 죽도록 부려먹지. 그랬으면 죽은 다음에 고마워서라도 무덤을, 그 앞에다가 비석을 세워줘야 마땅한 것을, 무덤은커녕 얼른 푸주로 보낸다고."

"푸주가 무슨 뜻인가요?"

"소나 돼지 같은 짐승을 잡아 고기를 파는 가게를 말하는데, 푸줏간이라고도 해."

"사람들은 너무 해요!"

"여북했으면 '푸주에 들어가는 소 걸음'이란 속담도 있겠니. 벌벌 떨며 무서워하는 모습을 말한다고. 그렇다고 어디다가 하소연할 데도 없고……그게 소의 운명인 걸 어쩌겠니."

람쥐는 오늘, 외양간 교실에서 이것저것 많은 것을 배웠습니다. 소는 소대로, 하고 싶은 말이 많다는 것을 알았습니다.

마구간 교실

소를 기르는 곳이 외양간이라면, 말을 기르는 곳은 마구간입니다. 마구간에도 밥그릇인 여물통이 있고, 초식 동물이지만, 말은 소처럼 되새김질은 하지 않습니다. 소에게 뿔이 있다면, 말은 뒷발질이 아주 위력이 있어서, 한번 걷어차이면 맹수들의 턱도 으스러질 정도랍니다. 힘이 세어서 말도 소가 하는 일을 거의 다 하지만, 등이 타기에 편해서 사람들은 말을 즐겨 타고 다닙니다. 그래서 예로부터 말은 전쟁에 이용되었고, 그러나 소에 비하면 말은 성깔이 있어서 투정을 잘 부립니다. 어쨌거나 말은 소와 함께 사람들이 기르는 아주 중요한 가축 중의 하나랍니다.

오늘, 엄마로부터 말에 대한 예비 지식을 들은 람쥐는 이번에는 외양간의 이웃에 자리한 마구간을 쉽게 찾아갔습니다.

"너는 누구지?"

람쥐를 발견한 말 아저씨가 대뜸 물어보자, 람쥐가 소에게 그랬던 것처럼 자기를 소개합니다. 그러자 말 아저씨가 크게 반깁니다.

"어어, 람쥐라고 그랬냐? 여기저기를 찾아다니는 너는 참 별난 꼬마로구나. 귀엽게 생겼고, 어쨌든 내 마음에 쏙 들었다고. 헛헛헛헛."

"그런데 아저씨는 왜 가끔씩 뒷발질을 하나요?"

"네가 그걸 봤냐?"

"네. 그래서 겁이 나서 머뭇거리다가 용기를 내어 들어온 거라고요."

"그건 말이다, 이 마구간이 하도 따분해서 그런 거라고."

"그게 어제와 오늘, 하루 이틀이 아니잖아요?"

"네 말은 맞다. 그런데 내가 오늘따라 그런 것은 그럴 만한 이유가 있어서다."

"그게 뭔데요?"

"어제는 내가 무슨 일로 주인과 함께 경마장 근처를 지나치게 되었단다. 경마란 여러 마리의 말들을 경주를 시켜서, 이긴 말에게 돈을 건 사람이 두둑한 상금을 타는 일종의 도박이지. 그러나 내게 중요한 것은 그게 아니었다고. 그 넓은 경마장을 신나게 달리는 말들을 상상만 해도 그렇게 부러울 수가 없더라고. 나도 그 안으로 들어가서 그들과 어울려 마음껏 뛰고 싶었다고. 달리고 싶었다고! 그러나 그것은 헛된 꿈, 지금 내 이 꼬락서니가 뭐냐!"

"그래서 혼자 짜증을 부리셨군요?"

"그럼 내가 신경질이 안 나게 생겼냐?"

또 짜증이 나는지 아저씨는 고삐가 기둥에 매인 채 히잉 히잉 괴성을 지르며 뒷발질을 두어 번 합니다.

"아저씨, 자꾸 그러지 마세요. 그러면 아저씨만 속이 상한다고요. 그런다고 주인이 아저씨를 경마장으로 보낼 것도 아니잖아요?"

문득 무슨 생각이 떠올랐는지, 아저씨가 히잉 웃으며 말합니다.

"네 말도 틀리지는 않았지만, 그러나 그게 아니지. 그건 모르시는 말씀! 혹시 누가 아냐? 당장 내일이라도 내가 경마장에 가 있을는지……."

"그랬으면 얼마나 좋겠어요!"

"우리 속담에 '양지가 음지 되고, 음지가 양지 된다' 라는 말이 있거든. 햇볕이 잘 들던 땅이 어느 때는 그늘이 되고, 늘 그늘이 지던 땅에 어느 때는 햇볕이 든다는……전에는 부자로 잘살던 사람이 어느 때에 가서는 가난뱅이가 되고, 가난하게 살던 사람이 어느 때에 가서는 부자가 되고……그렇듯 세상 일이란 바뀌

고 도는 법이란다. 그러니 이러다가도 무슨 기적이 일어나서, 나
도……."

"그럴까요?"

"새옹지마(塞翁之馬) ─ 나라 변두리에 사는 어느 늙은이의 말이
라는, 인생의 좋고 나쁨은 항상 변하는 것이기에, 미리 앞날을 예
측할 수 없다는 뜻이지.

옛날에, 중국의 국경 근처에 한 늙은이가 살았다고. 그런데 어
느 날, 노인이 기르던 말이 국경을 넘어 오랑캐의 땅으로 도망을
쳤지 뭐냐. 마을 사람들이 찾아와서 말을 잃은 노인을 위로하자,
그러나 노인은 태연하게 말했지.

"이것이 도리어 복이 될는지 누가 아나."

아니나 다를까, 몇 달 뒤에 그 말이 오랑캐의 말 한 마리를 데
리고 집으로 돌아왔단다. 마을 사람들이 찾아와서 기뻐하자, 그
러나 노인은 이번에도 예사롭게 말했지.

"이것이 도리어 화근이 될는지 누가 아나."

아니나 다를까, 노인의 아들이 그 오랑캐의 말을 타고 놀다가
떨어져서 다리가 부러져 절름발이가 되었지 뭐냐. 사람들이 찾아
와서 노인을 위로하자, 노인은 또 말했지.

"이것이 도리어 복이 될는지 누가 아나."

아니나 다를까, 1년이 지나자 북방의 오랑캐들이 쳐들어왔고,
그러자 마을의 젊은이들은 모두 전쟁터로 끌려 나갔어. 그러나
절름발이가 된 노인의 아들은 징집이 면제되었고, 마을의 많은

젊은이들이 전쟁터에서 목숨을 잃었지만, 노인의 아들은 무사할 수가 있었단다."

"그것 참!"

"그런데 람쥐! 너는 말이 얼마나 눈치가 빠르고 지혜로운 동물인지 아냐?"

"아직 몰라요."

"말은 사람이 길들이기가 쉬운 듯하지만, 여간 까다롭지가 않단다. 우리 속담에 '몽고 말 길들이기보다 어렵다'는 말이 있단다. 말의 원종이라고 일컫는 몽고의 말은 그만큼 성미가 유별나서, 아주 고집이 센 사람을 비유해서 하는 말이라고. 그러나 몽고의 말이 아니라도, 말은 눈치가 아주 빨라서 자기 힘에 버겁다 싶은 뚱보가 타려고 하면 꺼리며 이리저리 피하곤 한단다. 헛헛헛헛."

"하하하하. 재미있다!"

"람쥐, 네가 재미있다니까 나도 재미가 있다. 재미있는 말이 또 있다. 노마지지(老馬之智)라는, 늙은 말의 지혜라는, 늙은 말은 아는 것이 많다는, 늙은 말처럼 축에서 빠져도 써먹을 데가 있다는 뜻이라고.

옛날, 중국의 춘추시대에 제나라의 환공이 북방의 다른 나라를 정복하고 돌아오는 길이었어. 그런데 산속에서 그만 길을 잃었지 뭐냐. 어느 길이 어느 길인지 도저히 헤어나지를 못하고 있을 때, 관중이란 사람이 왕에게 말했다고. 마지막으로, 한 가지 방법이 있습니다. 말은 한번 지났던 길은 잊어버리지 않는 영특한 동물입니다. 늙은 말일수록 더욱 그렇습니다. 그러면서 진중에서 늙은 말을 골라 앞장을 세웠지. 그러자 앞장을 선 늙은 말은 머리를 두리번거리기도 하고, 콧구멍을 벌름거리며 냄새를 킁킁 맡기도 하면서 자꾸자꾸 앞으로 나아갔는데, 아니나 다를까, 얼마쯤 가자 번듯한 길이 나타났단다. 말은 그렇듯 지혜롭다고! 히잉, 히잉."

아저씨가 자랑스러운 표정으로 콧노래를 부릅니다.

"그런데, 아저씨!"

"오오, 람쥐! 또 뭐가 궁금하냐?"

"어느 날, 지나가던 사람들이 '말 타면 경마 잡히고 싶다'라는 말이 있다네, 하며 주고받던 말을 얼핏 들은 적이 있거든요. 그게 무슨 뜻인가요?"

"헛헛헛헛. 옛날에는 신분이 높은 선비들이나 말을 타고 다녔단다. 말의 고삐를 경마라고 하는데, 경마 잡힌다는 것은 그 말을 몰고 가는 하인을 둔다는 뜻이라고. 말을 타고 가는 것만도 다행인데, 이번에는 하인도 부리고 싶다는……."

"그러니까 사람들의 욕심이란 끝이 없다는 뜻이로군요."

"맞아요, 맞아! 우리 속담에 '행랑 빌리자 안방까지 넘본다'는 말도 있지. 행랑이란 대문 양쪽에 붙어 있는 하인들의 방인데, 길을 가던 나그네가 밤이 되자 남의 집의 행랑에서 잠을 잘 수 있게 된 것만도 고마운 일인데, 차츰차츰 욕심이 생겨 주인의 안방까지 탐을 낸다는 뜻이라고. 헛헛헛."

"정말 사람들의 욕심은 끝이 없구나!"

"내가 어제 얼핏 들은 말인데, 이웃에 사는 소가 곧 팔려갈 것 같았어. 그 소, 참 좋은 친구였는데 말씀이야. 이제는 소가 늙어서 일을 잘 못한다나. 여태껏 실컷 부려먹다가, 늙었다며……."

"어디로 팔려가나요?"

"어디기는, 보나마나 도살장이지. 그곳에서 죽임을 당해 고기로 팔려나가겠지. 일은 일대로 부려먹고, 나중에는 고기로 먹어 치우는 사람들……어찌 보면, 그것도 고약한 욕심이라고. 안 그러냐?"

"그렇다면 소 아저씨가 참으로 안 됐군요!"

"소와 말—예로부터 우리는 힘든 일을 도맡아서 해온 아주 중요한 가축이라서 함께 사람들의 입에 오르내릴 때가 많았다고. 우리 속담에 '말 갈 데 소 간다'는 말이 있단다. 아니 갈 데를 간다는 뜻도 있지만, 남이 한 일이면 자기도 할 수 있다는 뜻으로도 쓰이지. 그런가 하면 '말 갈 데 소 갈 데 다 다녔다'는 속담도 있다고. 온갖 곳을 두루 돌아다녔다는, 그만큼 두루 경험이 많다는……."

"아저씨, 잘 놀았어요!"

"그래, 또 놀러 오너라."

그러면서 말 아저씨가 넌지시 당부를 합니다.

"가다가 이웃의 외양간을 들여다보면 어떻겠니. 소, 그 친구가 아직 그곳에 있는지, 없는지를 좀……."

멍멍 교실

어떤 개는 이리나 늑대처럼 성질이 사나와서, 예로부터 사람들은 개를 사냥에 데리고 다니거나 집을 지키는 데에 이용해 왔습니다. 그러나 개는 대체로 성질이 온순하고 영리합니다. 사람을 잘 따르고, 특히 주인에게는 복종심이 강하여 이래저래 개를 한 식구처럼 여길 정도였답니다.

동네에는 개를 기르는 집이 많습니다. 개들은 낯선 사람이 나타나면 멍멍 짖어댑니다. 그러면 이웃집의 개들도 덩달아서 합창이라도 하듯이 짖어댈 때도 있습니다.

어느 집 문간에 개의 집이 있습니다. 그런데 지금 개는 답답한지 자기 집에서 나와 대문 앞에 엎드려 있습니다. 낮잠을 자는지 두 눈을 감은 채 꼼짝도 하지 않습니다.

람쥐가 그 앞으로 살금살금 다가가자, 어느 틈에 눈을 번쩍 뜬 개가 대뜸 소리칩니다.

"누구냐?"

그러자 깜짝 놀란 람쥐가 말합니다.

"안녕하세요? 저는 람쥐라고 하는데, 이 동네에 놀러왔거든요. 낮잠을 방해했다면 용서하세요."

"하기는 집에 혼자 있자니까 슬금슬금 졸음이 와서 눈을 감고 있는데, 네가 다가오는 소리가 들렸다. 어느 놈인가 하고 엿보니까 람쥐라고 했던가, 바로 너였다고. 나도 심심하던 참에 마침 잘 왔다."

"아저씨는 자면서도 내가 오는 소리가 들렸어요?"

"들리다 마다! 내 귀는 이십사 시간 작동을 하는 성능 좋은 '레이더'라고나 할까. 으허헛."

아저씨가 자랑삼아 더 말합니다.

"어디 그게 내 귀뿐이냐? 내 코는 멀리서도 냄새를 잘 맡을 뿐만 아니라, 이것이 무슨 냄새인지 그때마다 정확하게 구별해 내는 '슈퍼 컴퓨터' 같은 성능을 지니고 있다는 것을 너도 알아두었으면 좋겠다."

"기억해 두겠어요. 그런데 아저씨네 집 사람들은 모두 어디를 갔나요?"

"아이들은 공부하러 학교에 갔고, 주인 남자는 아침 일찍부터 논으로 갔고, 주인 여자는 근처에 있는 텃밭으로 조금 아까 나가는 것 같더군. 상추를 뜯으러 갔는지……."

"그래서 집에는 아저씨 혼자였군요."

고개를 끄덕거리는 람쥐에게 아저씨가 말합니다.

"너, 우리 속담에 '오뉴월 댑싸리 밑의 개 팔자'라는 말이 있는데, 들어봤냐?"

"처음 듣는데, 무슨 뜻이죠?"

"댑싸리는 높이가 어른 키만큼이나 자라는 1년 살이 풀인데, 가지와 잎이 많아서 예로부터 시골 사람들은 빗자루를 만들어서 썼다고. 한여름에는 그 그늘이 아주 시원하지. 그런데 농촌이 어디 한가하냐? 주인집 식구들은 모두 논이나 밭에 나가서 일을 하는데, 집에 혼자 남아 있는 개는 할 일이 있어야지. 그러자 댑싸리 그늘에 누워 낮잠이나 자며……말하자면 남부러울 것 없고, 마음 편한 늘어진 팔자라는 뜻이라고. 으허헛."

"그러니까 지금 아저씨 팔자가 그렇군요?"

"맞아요, 맞아!"

아저씨가 이어 말합니다.

"너, 개가 얼마나 눈치 빠르고 영리한 줄 아냐?"

"몰라요."

"당구풍월(堂狗風月)이란 말이 있다. 당구는 서당에서 기르는 개를, 풍월은 청풍명월이라 하여 '맑은 바람에 밝은 달'을 줄인 말로서 자연의 아름다움을 뜻하지. 옛날에 서당에서는 풍월을 가지고 시를 짓는 놀이를 했고, 마당에서 그 소리를 날마다 듣던 개도 아이들을 흉내내며 달을 보고 으엉, 으으엉 야릇하게 웅얼거리곤 했지. 그러자 우리 속담에도 '서당개 삼 년에 풍월한다'는 말이 있을 정도인데, 그 말은 무식한 사람도 유식한 사람과 가까이 사귀면 저절로 유식해 진다는 뜻이라고. 으허헛."

"그렇군요!"

"너는 개가 얼마나 충성심이 강한 동물인지 아냐?"

"글쎄요."

"사람들은 집에서 흔히 개와 고양이를 기르지. 그런데 고양이란 놈은 날마다 품에 안고 쓰다듬어 주던 주인이 어쩌다가 비위를 건드리면, 귀찮다면서 날카로운 발톱을 슬며시 뽑기가 일쑤지. 그러나 개는 달라! 주인집의 어린 꼬마가 짓궂게 막대기로 자꾸만 때려도, 그때마다 이리저리 피할 뿐 성질을 부리지 않는다고. 그렇듯 주인에게는 끝까지 참는 동물이라고."

"그렇군요."

"그뿐이냐, 어디? 장에 갔던 시골 노인이 친구를 만나 술을 마시고 집으로 돌아오다가 어느 산길에서 그만 쓰러져 잠이 들었다고. 그런데 노인이 피우던 담뱃대의 불씨가 잔디로 옮겨붙어 불이 나자, 잠든 노인이 불에 타서 죽게 생겼어. 그러자 노인을 따라갔던 개는 아무리 주인을 깨우려고 해도, 술에 취한 노인은 깨어나지를 않았다고. 할 수 없이 주위를 두리번거리던 개는 저 아래에서 개울을 발견했고, 그러자 그리로 달려간 개는 몸에다가 물을 흠뻑 적신 다음에 달려와서 잔딧불을 끄기 시작, 그렇게 수도 없이 반복을 했지. 한참 후에 노인이 잠에서 깨어보자, 잔딧불은 이미 꺼졌는데, 노인의 옆에는 지친 개가 죽어 있었어. 주인을 살리고, 자기는 죽은 거라고."

"대단하군요!"

"넌 개가 얼마나 모성애가 강한 동물인지 아냐?"

"모성애는 모든 동물이 다 강하잖아요?"

"어느 건물에 불이 났어. 소방차가 달려와서 불을 껐는데, 그 건물의 지하실로 내려가 보니까, 어미 개가 태어난 지 얼마 안 되는 어린 강아지 몇 마리를 품에 안고 있었어. 불길에 어미 개는 여기저기 털이 끄슬려 있었지만, 그 품 속에서 새끼들은 털 하나 끄슬리지 않고 모두가 무사했다고. 새끼들을 보호하려는 그 지극한 모성애는 그쯤 되면 금메달감이 아닌가!"

"금메달도 부족해요!"

"이래저래 그래서 사람들은 개를 좋아하고, 못된 인간을 가리켜 '개만도 못한 놈!'이라고 욕을 하지."

"하지만 '개 같은 놈!'이라고 얕잡아 보기도 하잖아요?"

"으허허헛."

멋쩍은 웃음을 보인 아저씨가 고개를 끄덕거립니다.

"하긴 네 말도 맞다. 내가 아무리 주인에게 충성심을 보여 봤자, 개는 어디까지나 개라고. 개 취급을 한다고. 그래서 우리 속담에도 한 푼의 가치도 없을 정도로 시시할 때 '개 방귀 같다'느니, 명절날이면 사람들은 떡이랑 고기며 생선이며 맛좋은 음식을 먹으며 즐겁게 보내지만, 집에서 기르는 개는 늘 먹던 밥 찌꺼기가 고작이라서, 명절 같은 날에 제대로 못 먹고 쓸쓸하게 지내는 모양을 가리켜 '개 보름 쇠듯' 한다는 속담도 있지. 거기까지도 그렇다 치고, 속담에 '복날 개 패듯' 한다는 말도 있다고. 예로부터 한여름 복날이면, 동네 사람들은 개의 목에다가 튼튼한 올가미를 씌워서 느티나무 가지에다가 대롱대롱 매달아 놓고 몽둥이로 마구 때려서 죽인 다음에, 솥에 넣고 푹 삶아 보신탕이라면서 그 고기를 즐겨 먹고……."

"그것 보세요!"

"어디 그뿐이냐? 토사구팽(兎死狗烹)이란 말이 있단다. 토끼가 잡히면 사냥개를 삶아 먹는다—는, 자기가 바라던 목적을 이루고 나면, 자기와 가장 가까운 사람부터 죽인다는 뜻이다.

옛날 중국 한나라의 고조인 유방이 초나라의 항우를 격파하고 천하를 통일하는데 일등공신이었던 한신은 그 공로로 초나라의 왕으로 봉해졌어. 그런데 초나라의 맹장이었던 종리매가 한신의 밑에서 몸을 의탁하고 있다는 말이 유방의 귀에 들어가자, 유방은 종리매를 체포하라고 한신에게 전했어. 전에 싸움터에서는 비록 적이었지만, 종리매가 총명한 장수였었다고 인정하고 그를 받아들여 친했던 한신은 이러지도 저러지도 못하고 있자, 눈치를 챈 종리매는 자살을 했고, 한신이 종리매의 목을 가지고 유방을 찾아가자, 유방은 한신을 모반자라며 체포했어. 그러자 한신은 탄식을 했다고. 높이 날던 새가 힘이 다하자 좋은 활은 쓸모가 없어지고, 날쌔고 꾀 많은 토끼를 잡고 나자 사냥개를 솥에 삶는구나— 토사구팽은 그렇듯 천하가 평정이 되니 이제 내가 버림을 받아 죽게 됐다는 한신의 말에서 비롯된, 그 아랫문장을 또 줄인 것이라고."

"실컷 이용하고, 목적을 이루자 사냥개처럼 부려먹던 공신을 제거한다는 뜻이로군요."

"감탄고토(甘呑苦吐)라는 말이 있지. 달면 삼키고, 쓰면 뱉는다는, 자기에게 유리하면 좋아하고, 불리하면 버린다는 뜻이지."

"술에 취해 산길에서 잠이 든 주인의 목숨을 구하고 대신 죽은 개의 정신을 사람들은 본받아야 해요!"

"아무렴!"

그러면서 개 아저씨는 이런 말을 합니다.

"요즘에는 세상이 많이 바뀌어서, 부잣집에서는 집안에서 너도나도 반려견들을 기르는 풍요로운 시대지. 그러자 요즘은 '댑싸리 밑의 개 팔자'가 아니라 '소파 위의 개 팔자'인 시대라고. 그러나 돈 많은 아줌마들은 내 말을 잘 들으시라고요! 개를 사랑해 주는 것까지는 좋은데, 겨울에 개가 추울까봐서 40만 원짜리 '개 방한복'을 사서 입힌다든가, 개의 발톱에다가 매니큐어 칠을 해주는 것은 아무래도 너무 하잖느냐고요. 멍멍! 멍! 멍!"

닭장 교실

꼬끼요 꼬오— 꼬끼요 꼬오—

동네의 어디선가 수탉의 울음소리가 힘차게 울려 퍼집니다. 이곳은 내 영역이니 아무도 넘보지 말라, 함부로 이곳을 침입하면 누구든지 혼날 줄 알아! 꼬끼요 꼬오—꼬끼요 꼬오—두 날개를 펼치고 목을 길게 뽑으며 수탉이 또다시 목청껏 울어댑니다.

지금 닭장 안에는 수탉 말고 암탉도 몇 마리가 함께 살고 있습니다. 그리고 닭장 바로 옆에는 그만한 공간에서 오리들이 살고 있습니다. 말하자면 이 집은 닭들과 오리들을 키우고 있답니다.

닭장 안을 들여다보고 있는 람쥐에게 수탉이 거만한 자세로 물어봅니다.

"너는 누구인데 아까부터 그곳에서 내 집안을 들여다보고 있느냐?"

그러자 람쥐는 자기 소개를 한 다음에 말합니다.

"아저씨의 울음소리는 참 멋져요!"

"오호라, 너는 내 울음소리가 멋져서 구경을 하고 있었구나. 아니냐?"

"맞았어요."

"그것이 아무리 입에 바른 거짓말이라고 해도, 칭찬을 듣는다는 것은 언제나 기분 좋은 일이지. 아암, 그렇고말고!"

수탉이 으스댑니다.

"그런데, 아저씨는 아무 때나 우나요?"

"아니지. 아무 때나 울면, 그것은 정력을 낭비하는 바보 같은 짓이지. 나는 시간에 맞추어서 운다고. 새벽과 정오, 그리고 저녁나절에……그러자 내가 울면, 사람들은 지금이 어느 때라는 것을 대뜸 알아차린다고. 말하자면 나는 자명종 시계랄까, 그 좋은 예를 들려주겠다.

계명구도(鷄鳴狗盜)라는 말이 있다. 닭의 울음소리를 내고, 개

모양으로 도둑질을 한다는 뜻이라고. 점잖은 사람이 기껏 잔재주를 가졌다는, 또는 하찮은 잔재주를 가진 사람도 쓸 데가 있다는 뜻이라고.

옛날 중국 제나라의 맹상군은 천하의 인재들을 많이 모아들인 사람이었지. 그의 식객들 중에는 글 잘하는 선비와 출중한 무예를 지닌 무사는 물론 하다못해 밤에 개 가죽을 쓰고 남의 집에 들어가서 도둑질을 하는 사람이라든가, 닭의 울음소리 흉내를 잘 내는 사람까지 있을 정도였다고.

맹상군은 진나라의 소왕으로부터 재상이 되어달라는 요청을 받자, 많은 식객들을 데리고 진나라 궁궐을 찾아갔다고. 그리고 왕에게 여우의 겨드랑이에 난 흰 털로 만든 아주 값지고 귀한 옷인 호백구를 예물로 바쳤어. 그러나 신하들은 맹상군이 재상이 되는 것을 극력 반대, 그러자 왕도 어쩔 수가 없었다. 그뿐만 아니라 원한을 품고 돌아간 맹산군이 후에 진나라를 해칠 것이 염려되어 그를 아예 죽이기로 했다고.

눈치를 챈 맹상군은 왕의 애첩에게 무사히 귀국하게 도와달라고 간청을 하자, 그녀는 왕에게 바친 것과 똑같은 호백구를 가져오면 도와주겠다고 말했지. 그러자 그날 밤에, 식객 중에서 '구도'가 개 가죽을 쓰고 궁중으로 들어가서 전에 왕에게 선물로 바쳤던 그 호백구를 훔쳐왔고, 왕은 애첩의 간청으로 맹상군의 귀국을 허락했지만, 뒤늦게 후회를 하면서 곧 추격병을 보내 잡아오게 했다고.

함곡관에 이른 맹상군의 일행은 그만 발이 묶였다. 새벽에 첫 닭이 울 때까지 함곡관의 관문이 열리지를 않았기 때문이야. 그 때, 일행 중에서 '계명'이 마을로 들어가 수탉의 울음소리를 내 자, 모든 닭들이 따라 울기 시작, 그 소리에 병졸들이 관문을 열 었고, 그러자 맹상군 일행은 무사히 관문을 통과할 수가 있었단 다. 람쥐야! 너는 계명과 구도 중에서 누가 맹상군을 살려냈다고 보느냐?"

"구도가 없었더라면 맹산군 일행이 관문까지 도망칠 수도 없 었지만, 계명이 없었더라면 관문은 열리지를 않았을 테고……그 것 참!"

"네 말이 맞다! 닭의 울음소리, 특히 수탉의 힘찬 울음소리는 이렇듯 예로부터……으핫핫핫!"

한바탕 크게 웃어댄 아저씨가 또 말합니다.

"어디 그뿐이냐? 내게는 자랑거리가 또 있다고. 계구우후(鷄口 牛後)라는 말이 있단다. 무슨 말이냐 하면, 닭의 부리가 될지언정 소의 꼬리는 되지 말라는 뜻이지. 말하자면, 큰 무리의 꼴찌보다 는 작은 무리의 우두머리가 되라는 뜻이라고!"

"소의 꼬리보다는 닭의 부리가 낫다?"

"옛날 중국은 한때, 진나라·초나라·연나라·제나라·한나 라·위나라·조나라—이렇게 일곱 나라로 나뉘어져 서로 반목 하며 전국시대를 이루고 있었지. 그중에서 가장 강한 나라는 진 나라로, 다른 여섯 나라는 행여 진나라가 자기 나라부터 쳐들어

오지나 않을까 은근히 걱정을 하고 있었다고.

그럴 때, 소진이라는 웅변가는 다른 여섯 나라를 돌아다니며 서로 단결해야만 한다고 역설을 했지. 그는 한나라의 신혜왕을 만나서는 이렇게 말했어. 한나라는 지형이 좋고, 장병들은 용감하고, 무기들도 훌륭하다고 들었습니다. 그런데도 진나라를 겁내어 섬긴다면 천하의 웃음거리가 됩니다. 그러지 마시고 다른 다섯 나라와 서로 손을 잡으면, 아무리 강한 진나라도 함부로 건드리지 못할 것입니다. 차라리 닭의 부리가 되는 것이 낫지, 소의 꼬리는 되지 마십시오! 그러자 왕은 그의 말을 따랐고, 그의 말을 타당이 여긴 나머지 다른 다섯 나라도 서로 손을 잡으며 진나라를 섬기지 않았지.

람쥐야, 나의 이 부리를 보아라! 단단해서 무엇이든지 콕콕 찍을 수가 있는 이 부리는 얼마나 멋지게 잘 생겼느냐?"

아저씨의 자랑은 끝이 없습니다.

"어디 그뿐인 줄 아냐?"

바로 그때입니다. 바로 이웃한 오리 사육장에서, 오리 아저씨가 꿱꿱거리며 말참견을 합니다.

"이봐, 수탉!"

"어?"

수탉 아저씨가 그쪽을 바라보자, 오리 아저씨가 말합니다.

"자화자찬(自畵自讚)이란 말이 있어. 자기가 그린 그림을 자기가 칭찬을 한다는, 남들이 알아주지도 않는데, 자신이 한 일을 혼자서 으스대며 자랑한다는 뜻이지."

"그래서?"

"옆에서 듣자니까, 자네의 자랑이 너무 심해서 하는 소릴세. 더구나 지금까지 한 일들은 모두가 다른 닭들이 한 것인데도, 마치 자기가 한 것처럼……아닌가?"

"그래서?"

"그건 그렇다 치고, 무엇이든지 콕콕 찍을 수 있는 나의 이 단단한 부리는 얼마나 멋지게 생겼느냐는 등……하늘에서 독수리가 그 말을 들었다면, 하도 어이가 없어서 기절을 하겠다. 하하하."

"이보라구, 오리! 자넨 나하고 무슨 원수라도 졌나?"

"서양 속담에 '수탉은 제 똥 더미 위에서는 큰 소리 친다'는 말이 있다고. 그뿐인가? 우리 속담에도 '이불 속에서 활개 친다'라는 말이 있어. 자네가 바로 그렇다고. 알겠는가?"

"야, 야, 오리! 너, 나하고 한판 붙어볼래?"

약이 바짝 오른 수탉이 혼자서 푸드덕거리고 있을 때, 꼬꼬댁―꼬꼬! 소리치며 어느 암탉 아줌마가 끼어듭니다.

"이쪽이나 그쪽이나 그만 하라고요. 우리가 지금 말다툼이나 하고 있을 때인가요?"

그러자 수탉이 냅다 소리칩니다.

"이 여편네는 뭘 안다고 끼어들어 말참견이야?"

"뭘 알다니요?"

"그럼 아니란 말인가?"

"어쩌면 내가 당신보다 더 많이 안다고요."

"시끄러워! 빈계지신(牝鷄之晨)이란 말도 모르나? 수탉이 아닌 암탉이 먼저 울어 새벽을 알린다는, 여자가 남자를 업신여겨 집안일을 마음대로 휘두를 때 쓰는 말이라고.

옛날 중국 주나라의 무왕이 은나라의 주왕과 싸우기 전에 장병들에게, 암탉이 새벽에 울면 집안이 망한다고 했다. 은나라 주왕은 절세 미녀인 달기의 치마폭에서 놀아나 결국 나라를 망쳐놓았으니, 내가 주왕의 죄를 묻지 않을 수가 없다며 자기의 정당성을 역설했다고.

마찬가지로, 지금은 꼬꼬댁, 자네가 나설 때가 아니야. 옆집의 오리 녀석과 나—그렇듯 사내들끼리 티격태격 싸우는데, 느닷없이 여자가 끼어들다니! 그러면 안 된다고. 이 수탉의 체면이 깎일 뿐더러, 집안이 망한다고. 알겠어?"

"그건 한가할 때나 하는 소리라고요. 지금은 그럴 때가 아니라고요!"

"아니면?"

꼬끼요 아저씨가 의아해 하자, 꼬꼬댁 아줌마가 한숨을 내쉬며 말합니다.

"요즘에, 전국은 비상이 걸렸어요!"

"뭐, 비상이 걸렸다고? 왜?"

"왜냐고요? 그놈의 AI라는 조류 인플루엔자인가 뭔가, 조류

독감 때문이라고요! 금년에도 벌써 전국의 닭과 오리가 이미 8
백 50만 마리 이상이 살처분이 됐고, 바로 얼마 전에도 어느 양
계 농장의 1만4천5백 마리 중에서 2천5백 마리가 떼죽음을 했
다지 뭐예요. 처음에는 지방에서 시작된 그놈의 조류 독감이 이
제는 수도권까지 확산이 되어……이쯤 되면, 단군 이래 최대의
재앙이라고요! 그러니 언제 그놈의 조류 독감이 이 닭장에도 감
염이 될는지 아무도 몰라요. 그러면 우리도 그때는 모두 흙구덩
이 속에 파묻힌다고요. 이렇듯 아슬아슬 살얼음판 위를 걷고 있
는 오늘인데, 당신들은 어쩌고저쩌고…….”

그러자 꼬끼요 아저씨가 퉁명스럽게 말합니다.

“조류 독감은 청둥오리 같은 철새들이 옮긴다고 했어. 그렇다
면 이놈의 재앙은 그들의 사촌인 집오리들에게도 책임이 있다고.
그런데도 살처분이 되는 숫자는 오리들보다는 닭들이 더 많으니,
이게 말이나 되느냐고!”

그러자 오리 아저씨가 수긋한 어조로 말합니다.

“자네의 말을 듣고 보니, 나로서는 할 말이 없네. 사촌 잘못 둔
탓이나 할까. 하지만 조류 독감에 감염이 되면, 닭들만 수난을 당
하는 게 아닐세. 오리들도 모조리……그러니 낸들 어쩌겠나!”

“도대체 정부는 뭘 하고 있지? 의학이 그렇게 발달했다면서 그
까짓 조류 독감 예방약을 아직까지도 못 만들고 있다니! 차라리
하늘에다가 그물을 쳐서 철새들이 이 나라의 하늘로 날아오지를
못하게 하든가, 무슨 대책이 있어야……이러다가는 닭들과 오리

들은 아예 이 땅에서 모두 살처분되어 앞으로는 동화 속에나 등
장을 하게 될 거라고. 오리 친구, 안 그러냐고?"

"약이 있으면 뭘 하겠나! 인간들은 자기들만 오래 살려고 약을
만든다고. 우리 따위는……."

숲속 교실

람쥐가 살고 있는 굴 밖은 바로 산입니다. 하기에 그곳에는 나
무들과 새들이 아주 많습니다.

깍깍깍깍—

나뭇가지 위에 앉아 있던 까치가 한바탕 우짖고 날아가자, 조
금 뒤에는 어디서 날아왔는지

까악—까악—

까마귀의 울음소리가 들려옵니다. 그러자 굴 안에 앉아 있던
람쥐가 문득 말합니다.

"엄마!"

"왜 그러니?"

"난 까마귀 소리는 듣기가 싫어."

"왜 그렇지?"

"까마귀 소리는 기분이 나빠."

"왜 그럴까?"

"왠지 언짢은 일이 일어날 것만 같은 느낌이 자꾸 들거든."

"호호호호."

"엄마는 지금 왜 웃었어?"

"그러잖아도 사람들은 까마귀를 흉한 일을 불러오는 '흉조'라고 해. 까마귀가 울면, 그 집안에서 누가 머잖아서 죽는다나?"

"그래서 그랬구나."

"그럼 너는 어떤 새가 멋지니?"

"꾀꼬리는 색깔도 예쁘지만 노래도 예쁘게 잘 부르고, 뻐꾸기도 뻐국 뻐꾹 뻐뻐꾹 노랫소리가 아주 멋지거든."

그러자 엄마가 웃으며 말합니다.

"알고 보면 그렇지만도 않아요."

"그게 무슨 말인데?"

"우리 속담에 '빛 좋은 개살구'란 말이 있단다."

"무슨 뜻인데?"

"개살구란 살구는 살구인데, 맛이 몹시 시고 떫어서 사람들이 먹기를 꺼린단다. 한마디로, 겉만 그럴 듯하게 좋고 실속이 없는 것을 비유할 때 쓰는 말이란."

"그러니까 모든 것을 겉만 보고 평가하지 말라는 뜻인가?"

"어이구, 우리 람쥐는 똑똑도 하지."

엄마가 람쥐의 볼에다가 뽀뽀를 해준 다음에 말합니다.

"한마디로, 겉만 번드르 했지, 뻐꾸기는 염치가 없는 새라고."

"왜지?"

"여느 새들은 자기의 둥지 속에 알들을 낳아서, 새끼가 태어나면 그 어린 새끼들을 정성껏 키우는데, 뻐꾸기는 그렇지를 않는 뻔뻔스런 새란다."

"그런 새도 있나?"

"개개비가 둥지 속에 알들을 낳으면, 근처에서 몰래 숨어 지켜보고 있던 뻐꾸기는 어미 개개비가 먹이를 구하려고 어디론가 날아간 사이에, 얼른 그 둥지 속에다가 자기의 알을 까놓고 날아가 버린다고. 그러면 먹이를 구하러 나갔다가 돌아온 개개비는 그 알도 자기의 알인 줄로 알고 열심히 품어 부화를 시킨단다. 그런데 뻐꾸기 새끼는 덩치가 커요. 그래서 어린 개개비들을 둥지 밖으로 밀어내어 버리고, 저 혼자서 둥지를 독차지하지. 그러고는 덩치가 자기보다도 훨씬 작은 개개비 엄마가 물어다 주는 먹이를 혼자서 받아먹으며 무럭무럭 큰다고."

"개개비 엄마는 그런 줄도 모르나?"

"모르니까 자기의 새끼인 줄 알고 열심히 키우지."

"한심한 개개비 엄마로구나. 그래서?"

"다 자란 뻐꾸기는 고맙다는 인사도 없이 어디론가 훌쩍 날아가 버리지. 그 뻐꾸기는 자라서 또 어느 개개비의 둥지 속에다가 몰래 알을 낳고, 그러면 그 개개비는 또 그게 자기의 새끼인 줄로 알고는……."

"알고 보니, 번드레한 겉만 보고 판단할 것이 아니네."

람쥐가 고개를 끄덕거리자, 엄마가 웃습니다.

"나도 너처럼 어렸을 때에는 까마귀 소리가 싫은 적이 있었단다. 그런데 까마귀에 대한 이야기를 너의 할머니한테서 들은 뒤부터는……."

그러면서 엄마는 전에 들은 이야기를 들려줍니다.

"반포보은(反哺報恩)이란 말이 있단다. 은혜를 갚기 위해서 보답하여 먹인다는, 부모가 지금까지 길러준 은혜에 보답한다는 뜻이라고.

까마귀뿐만 아니라 다른 새들도 어렸을 때에는 어미가 먹이를 물어다가 먹여 키우지. 하루에도 수십 번씩 이리저리 분주하게 날아다니며 먹이를 물어온단다. 그렇듯 어미 덕분에 크게 자란 새끼들은 때가 되면 스스로 먹이를 찾아서 독립을 하여 어미의 곁을 떠나간단다.

그러나 까마귀는 다르지. 어미가 늙어서 더는 날아다닐 힘이 없어지면, 그래서 스스로 먹이를 구하지 못하게 되면, 이번에는 다 자란 까마귀가 먹이를 물어다가 그런 어미를 먹여 살린단다."

"그게 정말야?"

"그럼 정말이고 말구."

"엄마가 직접 봤어?"

"직접은 못 봤지만, 어른들이 그랬어. 그러나 어느 땐가 누가 직접 봤으니까 그런 말이 나왔겠지. 안 그래?"

"하긴."

고개를 끄덕거린 람쥐가 말합니다.

"그렇다면 까마귀는 참으로 기특한 새로구나!"

"아암, 그렇고 말구! 그래서 까마귀를 어미의 은혜를 보답하여 먹이는 새라 하여 '반포조' 또는 효성이 지극한 새라 하여 '효조'라고도 한다고."

"나도 그래야지."

"무슨 말이지?"

"나도 이 다음에 엄마가 늙으면 이번에는 내가 대신해서 엄마를……."

"어이구, 우리 람쥐는 기특도 하지!"

엄마가 람쥐의 뺨에다가 또 뽀뽀를 해줍니다.

람쥐와 엄마는 그만 굴 밖으로 나옵니다. 그리고 서로 헤어집니다.

굴 가까이에 큰 나무가 서 있고, 그 가지 위에 까마귀가 혼자 앉아 있습니다.

"까마귀 아줌마!

"오오, 람쥐로구나!"

아줌마가 람쥐를 반깁니다.

"이제부터는 아줌마를 다시 봐야겠어요."

"무슨 뜻이지, 그게?"

"알고 보니 까마귀들은 이 세상에서 효성이 지극한 새라는 말을 듣고 놀랐거든요. 정말 그래요?"

"호호호호."

무슨 뜻인지 알겠다는 듯이, 아줌마가 말합니다.

"서과피지(西瓜皮舐)라는 말이 있어요. 서과는 수박을 말하고, 피지는 혀로 거죽을 핥는다는 뜻으로, 속의 내용은 모르면서 겉만 보고 평가한다는 뜻이라고. 우리 속담에도 '수박 겉 핥기'라는 말이 바로 그거란다. 수박의 맛을 알려면 속을 먹어봐야지, 혀로 껍질만 핥고는 그 속의 진짜 맛을 알겠니. 일의 내용은 모르고 겉만 건드리고 평가한다는 뜻이란다."

"그것 참!"

"왜 그러니?"

"당장 예쁘게 생긴 것만 좋아하고, 색깔이 화려한 것만 좋아하고, 겉만 번드레한 것만 좋아하고……모두가 왜들 그러죠?"

"왜기는 왜냐. 당장은 그게 좋은 걸 어쩌겠냐. 그게 우리들만 그런 줄 아니? 만물의 영장이라고 으스대고, 세상의 모든 지혜와 도덕을 만들어낸다는 사람들일수록 더욱 그렇단다.

풍수지탄(風樹之嘆)이란 말이 있어요. 바람으로 인한 나무의 탄식, 뒤늦게 후회하지 말고, 부모가 살아계실 때 효도하라는 뜻이란다.

이상을 펴기 위하여 공자가 이 나라, 저 나라로 떠돌아다니고 있을 때, 어디선가 슬피 우는 소리가 들려왔단다. 알고 보니, 고어라는 사내가 그렇게 울고 있었다고. 공자가 그 이유를 물어보자, 고어가 대답했어.

"저는 공부를 하려고 집을 떠나서 살았는데, 고향에 돌아와 보니, 그동안 부모님은 세상을 떠나셨습니다. 그러니 이 어찌 슬프지 않겠습니까!

바람이 쉬지 않고 자꾸만 부니, 나무는 조용히 쉬려고 해도 쉴 수가 없습니다. 그 뜻을 깨달은 자식이 뒤늦게 효도를 하려고 해도, 그동안 자식 키우느라고 고생한 부모님은 이미 돌아가셨습니다. 다시는 뵙지 못할 부모님께 사죄드리는 마음으로, 저는 이곳에 이대로 서서 말라 죽으려고 합니다.

여기에서 나무는 부모님을, 바람은 자식들을 뜻하고 있다고. 여북하면 우리 속담에도, 자식 많은 부모는 근심 끊일 날이 없다는 뜻으로 '가지 많은 나무 바람 잘 날 없다' 또는 자식 많은 부모는 분주하다는 뜻으로 '새끼 많이 둔 소 길마 벗을 날 없다' 라는 말이 있겠니. 길마란 짐을 실으려고 소의 등에 얹은 안장을 말한단다."

"고어의 말을 들은 공자는 무슨 말을 했나요?"

"그러자 공자는 제자들에게, 고어의 말을 명심하여 훈계로 삼으라고 말했단다."

"그래서 제자들이 훈계로 삼았나요?"

"더러는 부모를 섬기기 위해서 고향으로 돌아갔다는구나."

"다행이네요."

"그럼 뭘 하냐. 오늘날 세상 꼴을 좀 봐라. 모두가 저 잘나서 큰 줄만 알았지, 부모의 은덕을 아는 자식이 몇이나 되느냐고. 하기에 '어버이날' 을 따로 정한 것이 아니냐고. 그날만이라도 부모의 은혜를 알라는 뜻인데, 그러면 뭘 하나. 기억을 까맣게 잊어버리는, 그렇듯 건망증이 심한 사람을 비유한 속담으로 '까마귀 고기를 먹었나'라는 말도 있듯이, 모두가 그때뿐인 걸."

그러면서 아줌마가 말합니다.

"옛날에, 이 땅에서는 '고려장(高麗葬)'이라 하여 부모가 늙고 병이 들면 자식이 등에 업고 가서 산에다가 버렸다는구나. 그러나 오늘날이라고 해서 다를 바가 하나도 없단다. 부모가 늙고 병들면 요양병원에 강제로 입원을 시킨다고. 한마디로, '늙은이들 수용소'라고. 다 그런 건 아니겠지만, 요양병원에서는 늙은이가 말을 잘 듣지 않는다며 하루 종일 침대에다가 손과 발을 꽁꽁 묶어 두거나, 혹은 막말에 때때로 주먹으로 쿡쿡 쥐어박고, 비록 늙은 여자 노인이지만 젊은 사내 녀석이 기저귀를 갈아주고, 수발들기가 귀찮다며 금지된 약물 주사를 놓아서 며칠씩 잠을 재우고……그런데도 자식들은 나 몰라라 면회도 오지 않고……."

"당국에서는 그런 병원들을 처벌하지 않나요?"

"자기들도 알게 모르게 부모들을 요양병원에 강제로 입원시키고, 면회도 가지 않는 주제에 누가 누구를 처벌할 수 있겠니. 알고 보면 그놈이 그놈이지."

"옛날에는 그랬다 치고, 오늘날에도 그런 일들이 있다니……."

"어쨌거나 예로부터 까마귀에 대한 이런저런 말들이 많았다고. 우리의 옛시조에도 이런 것이 있단다."

까마귀 검다 하고 백로야 웃지 마라
겉이 검은들 속까지 검을소냐
겉 희고 속 검은 짐승은 너인가 하노라

이것은 이직이란 분의 시조로 '겉이 검다고 속까지 검겠나'라
는 우리 속담도 여기에서 비롯된 듯싶구나. 어디 그뿐이냐?

뉘라서 가마귀를 검고 흉타 하덧던고
반포보은이 그 아니 아름다운가
사람이 저 새만 못함을 못내 슬퍼하노라

이것은 박효관이라는 분의 시조인데, 반포보은이란 말은, 까마
귀는 어미가 늙으면 자란 새끼가 먹이를 물어다가 먹임으로써 은
혜를 갚는다는 뜻으로 반포지효(反哺之孝)라고도 하지. 어쨌거나
이 세상에는 까마귀를 어쩌니 저쩌니 흉을 보는 사람들이 많다
만, 그러나 알고 보면 우리 까마귀보다 못한 자들도 아주 많단다.
까악— 까악—.

집 근처의 풀밭을 지나치던 람쥐는 야릇하게 생긴 곤충을 발견
하자 그 자리에 흠칫하며 걸음을 멈춥니다.
그 곤충의 몸은 가늘고 길며, 머리는 우습게도 삼각형입니다.
몸의 빛깔은 녹색인데, 앞 다리 끝의 돌기가 낫처럼 되어 다른 곤

충을 잡아먹기에 아주 편리하게 생겼습니다. 지금 그 곤충은 낫처럼 생긴 앞 다리 두 개를 번쩍 치켜들어 벌리고, 당장이라도 람쥐에게 덤벼들 듯이 잔뜩 노려보며 떡 버티고 있습니다.

그 기세에 람쥐는 잠시 주춤했지만, 곧 친절하게 말을 건넵니다.

"얘, 얘, 나는 람쥐라고 하는데, 넌 누구니?"

그러자 상대방도 람쥐의 덩치가 자기보다도 너무 큰데다가 친절하게 먼저 말을 걸어오자 그만 수긋해지며 대꾸합니다.

"나는 사마귀라고. 버마재비라고도 부르지. 또는 당랑이라고도 해."

"오오, 그래? 우리 앞으로 친구가 되지 않겠니?"

"좋다고!"

사마귀도 얼른 찬성을 하자, 둘이는 곧 친구가 됩니다.

"그런데, 사마귀—너는 참으로 훌륭한 무기를 가졌구나."

"내 앞 다리들을 말하는 것이냐?"

"맞다."

"하긴 그래. 이 두 개의 앞 다리에 다른 곤충이 걸려들면 꼼짝달싹 못하니까. 아무리 몸부림을 쳐 봤자지."

사마귀가 으스대자, 람쥐가 고개를 갸웃거리며 말합니다.

"그런데 또 궁금한 것이 있다."

"뭔데, 그게?"

"넌 참으로 용기가 있다. 어디서 그런 용기가 생겼지?"

"무엇이 용기가 있다는 것이냐?"

"그럼 아니냐? 내가 너보다는 몸집이 훨씬 크고, 그러니까 힘도 너보다는 훨씬 세다는 것을 너도 짐작하고 있었을 텐데……아니냐?"

"알고 있지."

"그런데도 내 앞길을 가로 막고 잔뜩 노려보며 버티고 있으니……그랬다가 내가 너를 해치면 어쩌려고 그랬니?"

"나는 네가 조금도 겁나지 않아!"

"뭐라고?"

놀라며 람쥐가 이어 말합니다.

"그러다가 싸움이 벌어지고, 그러다가 네가 다치기라도 한다면 어쩌려고 그러지?"

"그땐 그때지, 뭐!"

"뭐라고?"

람쥐가 다시 어이없는 표정을 짓자, 사마귀가 말합니다.

"이건 본능이야!"

"본능이라고?"

"내 말을 들어봐."

"말해 보렴."

"당랑거철(螳螂拒轍)이란 말이 있다고. 사마귀가 앞다리들을 번쩍 치켜들고 수레바퀴를 막는다는……옛날 중국 제나라의 장공이 사냥을 나갔다고. 그런데 사마귀가 앞다리들을 번쩍 치켜들고 수레에게 덤벼들었지. 그 기세에 장공은 감탄을 하며 마부에게 그 이름을 물어보자, 마부가 말했어.

"저것은 사마귀라는 곤충인데, 놈은 앞으로 나아갈 줄만 알았지, 요만큼도 뒤로 물러설 줄을 모른답니다. 성미가 그렇습니다."

그러자 장공은

"저 곤충이 인간이었다면, 천하 명장이 되었을 것일세!"

칭찬을 하면서 수레가 사마귀를 다치지 않게 조심해서 비켜가도록 마부에게 일렀다고."

"그런 일이 있었구나."

"우리 사마귀들은 그렇다고!"

사마귀가 다시금 우쭐거리자

"하하하하."

갑자기 람쥐가 웃어댑니다.

"너, 왜 웃냐?"

"아, 미안, 미안!"

"미안하다면 다냐? 기분 나쁘게시리!"

그러자 람쥐가 말합니다.

"사실은 내가 웃은 이유가 있다."

"그 이유가 뭐냐?"

"네가 화를 내지 않겠다고 약속부터 하면 말하마."

"좋아, 약속하지!"

"전에, 내가 어디서 들은 얘기인데, 필부지용(匹夫之勇)이란 말이 있다. 필부가 날뛰듯 마구 행동을 하는 사람, 또는 좁은 소견을 가지고 좌충우돌하며 함부로 날뛰는 사람을 뜻하는 말이란다."

"필부란 무슨 뜻이지?"

"너, 말이란 동물을 알지?"

"마구간에 사는 녀석을 말하는 것이냐?"

"넌 참으로 겁도 없다. 말이 너보다 얼마나 큰데 녀석이 뭐냐?"

"아무리 커도 나는 덤빈다고. 그건 그렇고, 그 말이란 녀석이 어쨌다는 것이냐?"

"말이 몇 마리인가, 그 마릿수를 셀 때 한 필, 두 필……필부란 그렇듯 말이라는 동물에 비유할 정도로 보잘것없는 사내라는 뜻이다. 다시 말해서, 보잘것없는 미천한 소인이 혈기만 믿고 냅다치는 용기—그게 바로 필부지용이라는 것이다. 우리 속담에 '하룻강아지 범 무서운 줄 모른다'는 말은 바로 그런 경우지."

그동안에 이곳저곳에서 많이 듣고 배웠기에 람쥐도 이제는 제법 유식한 체합니다.

"하룻강아지가 뭐지?"

"태어난 지 얼마 되지 않은 어린 강아지를 말한다."

람쥐의 말에, 사마귀가 비웃습니다.

"흐흐흐흐. 그러니까 세상 물정을 모르는 강아지로구나. 아니냐?"

"맞다. 호랑이가 얼마나 무서운 동물이라는 것을 어미 개는 잘 알기에 호랑이란 말만 들어도 벌벌 떠는데, 세상 물정을 모르는 하룻강아지는 범에게도 덤벼든다는, 제 분수도 모르고 겁도 없이 강자에게 달려든다는 뜻이다."

람쥐가 웃자, 조금 생각하던 사마귀가 갑자기 두 개의 앞다리를 번쩍 치켜들며 발끈 성을 냅니다.

"그렇다면 내가 바로 하룻강아지와 같다는 것이냐?"

"화내지 않겠다고 아까 약속했잖니."

"하긴."

고개를 끄덕거린 사마귀가, 그러나 정색을 하며 크게 소리칩니다.

"그래도 할 수 없다. 나는 나니까! 누구든지 만나면, 두 개의 앞다리를 이렇게 번쩍 치켜들고 쩍 벌리며……자, 덤벼! 덤비지 않으면 내가 먼저 덤빌 테다!"

어느 날 밤에, 굴 속에서 잠을 자려던 람쥐가 갑자기 하하하하 웃습니다. 깜짝 놀란 엄마가 물어봅니다.

"람쥐야, 너 갑자기 왜 웃니?"

그러자 또 한 번 웃어댄 람쥐가 말합니다.

"문득 어떤 생각이 떠올라서 그랬어."

"그게 무슨 생각인데?"

"얼마 전에 만났던 녀석이야. 몸은 길쭉하고 대가리는 우습게도 삼각형인데, 그런데, 그녀석이 웃기게도 성깔이 대단해서……하하하하 아하하하……아이고, 배꼽이야!"

"알겠다. 넌 사마귀를 만났던 모양이로구나. 그렇지?"

"맞았어! 바로 사마귀란 녀석이었어."

"그렇다면 네가 왜 웃었는지, 엄마도 그 이유를 알만하다. 호호호호."

엄마가 고개를 끄덕거리며 함께 웃습니다.

"그런데, 엄마!"

"왜 그러니?"

"본능이 뭐야?"

"본능이란 동물이 태어날 때부터 타고난 성질이나 동작을 말해."

"그렇구나! 그래서……."

"그래서 어찌되었니?"

"사마귀는 나를 만나자마자 두 개의 앞다리를 번쩍 치켜들어 벌리고, 건방지게도 앞길을 가로막고 버티고 있었어. 그러다가 덤벼들려고 했어."

"그래서 싸웠니?"

"내가 참고 서로 친구가 되었는데, 앞으로 나아갈 줄만 알았지 뒤로 물러서지 않는 것이 자기의 본능이라서 그랬다는 거야. 제 분수도 모르고 강자에게 덤벼드는 것이 사마귀의 본능이라나. 하지만 자기보다 힘이 약한 곤충들한테는 그게 통할는지 몰라도, 그러다가 큰 코 다치면 어쩌려고 그러는지 모르겠어. 그래서 내가 타일렀는데도, 그땐 그때라면서……."

무엇인가 조금 생각하던 엄마가 조용히 말합니다.

"우리 람쥐, 들어봐요."

"응, 엄마!"

"당랑박선(螳螂搏蟬)이란 말이 있어요. 사마귀가 매미를 잡으려고 잔뜩 노려보고 있다는, 그러나 자기를 노리고 있는 자가 또 있다는, 당장 눈앞의 이익에만 몰두하다가 곧 뒤에 닥칠 재앙을 모르고 있다는 뜻이란다."

"얘기가 재미있겠는데?"

"어느 날, 숲속의 나무 그늘에서 매미가 맴맴 신나게 노래를 부르고 있었어요. 그런데 그 매미를 잡으려고 근처에서 사마귀가 잔뜩 노려보고 있었어요. 매미야, 조금만 더 우는 데 정신을 팔고 있어라. 그러면 내가 곧 너를 잡을 것이다. 하지만 매미는 그런 사실을 까맣게 모르고 있었어요. 그런데 이게 또 웬 일입니까! 그런 사마귀를 근처의 나뭇가지에 앉아서 까치가 잔뜩 노려보고 있었어요. 사마귀야, 조금만 더 다른 데에 정신을 팔고 있어라. 이제 곧 내가 너를 잡을 것이다. 그런데, 이게 또 웬 일입니까! 그런 까치를 화살을 겨누며 잔뜩 노리고 있는 자가 또 있었어요. 바로 장자라는 선비였다고요."

"선비가 사냥을 나왔나?"

“공부를 하다가 머리를 잠깐 식히려고 사냥을 나온 모양이지.”

“엄마, 그래서 어떻게 되었어?”

“그러나 장자는 역시 훌륭한 선비였다고요. 자기가 노리고 있는 것은 까치인데, 그 까치는 또 사마귀를, 그 사마귀는 또 매미를 노려보고 있다는 사실을 뒤늦게 알았어요. 그러자 그는 무엇을 크게 깨달으며 사냥을 그만 두고 곧 그곳을 떠났다고요. 그런데 이게 또 웬 일입니까! 공교롭게도 장자가 서 있던 곳은 어느 밤나무 숲이었는데, 그곳을 지키는 산지기한테 붙잡혀 크게 혼이 났다고요.”

“왜 혼이 났어?”

“산지기는 장자가 밤을 훔치려고 몰래 밤나무 숲에 들어온 도둑으로 알았던 거야.”

“하하하하.”

한바탕 웃어댄 람쥐가 말합니다.

“그러니까 매미의 뒤에는 사마귀가, 사마귀의 뒤에는 까치가, 까치의 뒤에는 장자가, 그 뒤에는 산지기가…….”

“그래서 우리 속담에 ‘뛰는 놈 위에 나는 놈이 있다’ 라는 말이 있단다. 잘난 사람이 있으면 그보다 더 잘난 사람이 있다는 뜻이라고. 무슨 뜻인지 알겠니?”

“으응, 알겠어.”

그런 람쥐가 고개를 갸웃거리더니 말합니다.

“엄마, 엄마!”

"왜 그러니?"

"그렇다면 그 속담을 이렇게 고치면 어떨까?"

"어떻게?"

"뛰는 놈 위에 나는 놈이 있다—를 '나는 놈 위에 타고 가는 놈이 있다'고 말이야."

"호호호호. 그것도 말이 되네."

"그런데, 엄마!"

"왜?"

"요즘에 사람들은 왜 까치를 미워하지?"

람쥐의 느닷없는 질문에, 엄마가 웃으며 말합니다.

"예로부터 까마귀는 나쁜 소식을 알려주는 '흉조'인 반면에, 까치는 좋은 소식을 가져다 주는 '길조'라고 했어. 근처의 나무에서 까치가 울면 그날, 반드시 좋은 소식이 있을 거라고 믿으며 사람들은 좋아했단다. 그런데 어느 때부터인가……."

"왜, 무엇이 잘못 되었나?"

"도시 근처에 사는 까치는 높은 전선주 철탑에 둥지를 틀어 자주 전기 합선을 일으켜서 동네의 전깃불을 모두 꺼뜨리니까, 그때마다 까치는 미움을 받게 되었지."

"왜 그런 곳에다가 둥지를 틀지?"

"둥지를 틀만 한 마땅한 장소가 없으니까, 까치로서는 그럴 수밖에 없잖겠니."

"왜 마땅한 나무가 없지?"

"까치는 계절이 바뀌면 그때마다 이동을 하는 철새와는 달리, 참새나 까마귀나 꿩처럼 일 년 동안 거의 이동을 하지 않고 같은 지역에서 사는 텃새라고. 그런데 사람들이 몰려와서 그곳에다가 마구 집들을 짓고 살자, 그만 까치는 안심하고 살만한 공간이 없어진 거라고. 그러니 할 수 없이 높은 철탑 위에다가 둥지를……."

"까치로서는 그럴 수밖에 없었겠구나."

"그것 말고도 까치가 사람들로부터 미움을 받게 된 이유는 또 있어. 농촌에서는 과수원을 습격해서 잘 익은 과실들을 쪼아 먹거든. 그러니 봄부터 여름 동안 땀 흘려가며 애써 키운 농작물을 쪼아 먹는 까치가 그들로서는 미울 수밖에."

"그랬구나."

고개를 끄덕거린 람쥐가 무슨 생각이 들었는지 문득 말합니다.

"하지만……."

"우리 람쥐가 무엇이 안 내킨 모양이지?"

"아까 엄마는 사람들이 마구 몰려와서 집들을 짓자, 살 공간을 잃어버린 까치는 어쩔 수 없이 철탑 위에다가 둥지를 튼다고 했어. 그렇다면 까치는 왜 과수원을 습격해서 과실들을 쪼아 먹을까도 그 이유가 있다고 봐."

"말해 보렴."

"먹을 것이 부족하자, 그런 게 아닐까?"

그러자 엄마가 말합니다.

"바로 맞았어! 까치는 이것저것 가리지 않고 먹는 잡식성이야.

그러나 맛이 있고 영양분도 많은 곤충들을 더 좋아하지. 전에는 그랬었는데, 사람들이 해충을 죽인답시고 농약을 마구 뿌리는 바람에, 다른 많은 곤충들까지 피해를 입게 되었지. 곤충들이 줄어들자 먹이가 그만큼 부족해진 까치들은 할 수 없이 과수원에까지……."

"사람들은 왜 농약을 지나치게 뿌리지?"

"해충을 모조리 죽여 농작물의 생산량을 그만큼 늘리기 위해서지."

"곤충들은 까치나 다른 새들에게는 먹이인데……."

"사람들은 자기들의 손해를 스스로 불러온 거라고. 그러면서도 공연히 까치만 나무란다고."

"오나가나 사람들이 문제라니까!"

들판 교실

들판을 지나가다가 람쥐가 갑자기 걸음을 멈춥니다. 이상한 소리가 들렸기 때문입니다. 이리저리 둘러보자, 그것은 가까운 웅덩이 속에서 나오는 소리였습니다.

"어이구, 드디어 성공했다! 개굴개굴."

개구리 한 마리가 그 물 웅덩이 밖으로 기어서 나옵니다. 그러더니 하늘을 올려다보고, 이어 주위를 이리저리 둘러본 개구리는 무엇인가 어리둥절한 모양인지 두 눈을 꿈벅거리며 고개를 갸웃거립니다.

람쥐가 개구리에게

"넌 왜 그러고 있니?"

말을 걸자, 개구리가 비로소 람쥐를 의식하고 말합니다.

"넌 누구니?"

"나는 람쥐라고 해."

"그런데, 왜 여기에 있니?"

"근처를 지나가다가 웅덩이 속에서 이상한 소리가 들려 잠깐 멈추어 있다고. 그 소리는 무슨 소리였니?"

조금 생각하던 개구리가 말합니다.

"으응, 그건 내가 웅덩이 밖으로 기어나오느라고 힘이 들어서 낸 소리일 게다."

"그게 무슨 뜻인지 모르겠구나."

"나는 어린 시절부터 저 웅덩이 속에서 살았다고. 엄마가 그곳에다가 알들을 낳고 가버렸는데, 올챙이로 태어나자 웅덩이 속에 사는 작은 벌레들을 잡아먹고 살다가 더는 그곳이 갑갑하지 뭐냐. 그래서 그곳을 떠나기로 했는데, 웅덩이의 벽이 기어오르기에 가파르자 힘이 들어서 나도 모르게 나온 소리일 게다."

"그렇다면 너는 그 좁은 웅덩이 속에서 고생이 많았겠구나. 세상으로 나온 것을 축하한다!"

람쥐의 말에, 다시금 사방을 두리번거리던 개구리가 곧 물어봅니다.

"그런데, 저 하늘은 왜 저렇게 생겼냐?"

"저렇게 생기다니?"

"저만큼 넓지가 않았는데……."

비로소 개구리가 왜 그러는지 눈치를 챈 람쥐가 친절하게 일러줍니다.

"으응, 그건 네가 그동안 웅덩이 속에서 살았기 때문이야. 그 안에서 올려다봤으니까, 하늘이 조금만 보였기 때문이라고."

"아냐!"

"아니라니?"

"저건 아무래도 가짜 하늘이다. 내가 봤던 하늘이 진짜 하늘이라고!"

"내 말이 맞다니까 그러네?"

"아냐, 아니라고!"

크게 도리질을 한 개구리가 갑자기 하늘을 올려다보며 중얼거립니다.

"도대체 저건 또 뭐지?"

람쥐가 그쪽을 바라다보자, 이거 잘못하다가는 큰일 날 것 같습니다. 왜냐하면 지금 하늘에서는 수리 한 마리가 비잉비잉 크게 맴을 돌고 있기 때문입니다.

"개구리야, 얼른 숨자!"

"뭐, 숨자구? 왜?"

"저건 수리야! 지금 수리는 먹이를 찾고 있는 중이라고. 자칫 저 녀석의 눈에 띄었다가는 당장 그 날카롭고 억센 발톱에 채여……."

"수리라고?"

"그래."

"도대체 그게 어떤 놈이지?"

"어떤 놈이라니? 녀석은 새들 중의 왕이야. 아주 무섭고 힘이 센 놈이라고. 저 녀석은 눈이 좋아서 저렇듯 높이 날면서도 땅에 있는 작은 먹이까지 찾아내는 재주를 가지고 있단다."

"난 조금도 겁나지 않아!"

"뭐라고?"

"웅덩이 속에서는 모두가 내 밥이었으니까!"

"얘, 얘, 그건 웅덩이 속에서나 그랬고, 우리 얼른 피하자고. 지금 수리가 너와 나를 발견한 모양이야. 이제 곧 우리를 향해 쏜살같이 땅으로 내리꽂힐 것이다. 우리 얼른 도망치자고!"

람쥐가 재빨리 근처로 몸을 숨기자, 네까짓 놈 올 테면 오라는 듯이 그 자리에 남아서 버티고 있던 개구리는 곧 수리의 발톱에 채여 공중으로 붕 떠올랐습니다.

집으로 돌아오는 길에, 람쥐가 동네를 지나치는데

"넌 람쥐가 아니냐?"

마구간에 있던 말 아저씨가 히잉히잉 큰 소리로 부릅니다. 람쥐가 반가워서 그리로 다가가자, 아저씨가 물어봅니다.

"람쥐, 네 표정이 왜 그러냐?"

"내 표정이 어때서요?"

"밝고 명랑하던 람쥐가 지금은 그게 아니라서 그래. 왠지 침울해 보이는구나. 아니냐?"

그러자 람쥐는 조금 전에 들판에서 있었던 이야기를 아저씨에게 들려줍니다. 그 이야기를 다 듣고 난 아저씨가 고개를 끄덕거립니다.

"알겠다. 네 말을 듣지 않았던 개구리는 수리에게 잡혀가고, 그러자 네 마음이 어둡고……정중지와(井中之蛙)라는 말이 있다고. 글자 그대로, '우물 안의 개구리'라는, 시야가 좁아서 세상 물정을 몰라 사물을 바르게 판단할 수 없거나, 한가지 일밖에 모른다는 뜻이지.

후한 말기가 되자, 야망이 있는 인물들은 장차를 도모하기 위해 저마다 은근히 야심을 키우고 있었다고. 공손술도 이미 촉나라를 세웠지. 외효는 공손술의 인물됨을 알아보기 위해서, 공손술과 친구인 휘하의 마원을 보냈어. 그러나 공손술은 친구가 찾아오자 반가워하기는커녕 한껏 거드름을 피우며 맞았지.

공손술의 그 거만한 태도를 본 마원은 그가 큰 인물이 아님을 알고 돌아와서 외효에게, 공손술은 우물 안의 개구리로, 조그만 나라 안에서 우쭐대며 으스댈 줄만 알았지, 그것 말고는 아무것도 모르는 자이니 상대도 하지 말라고 말했다고. 그러자 외효는 마원의 말대로 공손술을 멀리 했다는구나."

"큰 인물은 거만하지가 않군요?"

"물론이지! 클수록 겸손하지."

"공손술은 우물 안의 개구리였군요."

"장차 천하를 거머쥘 큰 야심을 가진 사람이라면, 자기를 도와줄 큰 인재가 필요하고, 그러자면 겸손하게 그런 사람들을 맞아들이거든. 그런데 공손술은 그런 인물이 못 되었지. 모든 것을 자기의 주장대로, 자기의 식대로 판단을 하고, 거드름을 피우며 으스대던 졸장부였지. 우리 속담에 '호랑이 없는 골에서는 토끼가 스승'이라는, 또 뭐가 있더라? 옳지! '장님 동네에서는 애꾸가 반장'이란 말도 있더라고. 헛헛헛헛."

"그리고 또 있어요."

"그게 뭐지?"

"마구간에서는 말 아저씨가 반장―"

"헛헛헛헛, 으헛헛헛."

한바탕 크게 웃어댄 아저씨가 멋쩍은 어조로 말합니다.

"네 말을 듣고 보니, 마음이 찔리는구나. 그러잖아도 나는 네가 오기 바로 전에 이런 생각을 하고 있었단다. 언젠가 내가 주인과 함께 경마장 근처를 지나친 적이 있었다고 말했잖니. 그리고 그 안에서 신나게 달리고 있는 말들을 부러워하고, 나도 그리로 들어가서 달리면 일등을 할 자신이 있다고 말이다."

"그런데요?"

"그러나 지금 생각하니 그건 어디까지나 나의 착각이었다고."

동물 공화국

106

"어째서요?"

"경마장의 말들은 나하고는 달라요. 무엇보다도 그들은 나보다 그때그때 훨씬 잘 먹고, 자주 달리고, 그렇게 훈련이 잘된 녀석들이라는 것을 뒤늦게 알았지 뭐냐. 그런 줄도 모르고……내가 그리로 들어가서 그들과 함께 달렸다면, 일등은커녕 틀림없이 꼴찌였을 거라고. 생각만 해도, 어이구, 창피해!"

"하하하하."

"마구간에 틀어박혀 있는 나도 '우물 안 개구리'였다는 것을 뒤늦게 알고, 반성을 하고 있었다고. 그러나 뒤늦게 안 것만도 얼마나 다행한 일이냐. 그러니 람쥐, 너도 항상 시야를 넓게 가지고……무슨 뜻인지 알겠냐?"

"고맙습니다, 말 아저씨!"

"고맙기는. 이래서 동물이고 사람이고 항상 배우고 느끼며 반성해야 한다고. 그래야 큰 그릇이 된다고. 알겠냐? 히잉 히잉."

동네의 저쪽 들판에는 개울이 흐르고 있습니다. 그 개울은 폭이 넓어서 징검다리 몇 개가 놓여 있습니다. 여느 개울이 대부분 그렇듯이, 그 개울도 폭이 일정하지가 않아서, 어디쯤에서는 좁아지기도 하고, 그러다가 다시 넓어집니다.

그런데 오늘은 분위기가 좀 이상합니다. 여느 때 같았으면 긴 줄에 매인 채 개울둑에서 풀을 뜯고 있던 염소 아저씨가, 오늘은 웬일인지 저 아래로 내려가서 개울물 속을 들여다보고 있습니다.

그러면서 좀처럼 그 자리를 떠나지 않고 있습니다. 그리로 다가 간 람쥐가 염소에게

"아저씨, 무슨 일이 있나요?"

물어보자, 턱 밑의 수염을 바람에 나부끼며 염소가 음매에— 말합니다.

"오오, 언젠가 우리는 만난 적이 있고, 네 이름은 람쥐라고 했지? 마침 잘 왔다."

그러면서 아저씨가 턱끝으로 개울물을 가리킵니다.

아저씨가 시키는 대로, 람쥐도 개울물 속을 들여다봅니다. 그곳은 폭이 좁은 곳인데, 오늘은 웬일인지 전과는 다릅니다. 좁은 개울의 길목에는 돌들이 가로질러 쌓여있습니다. 아무래도 누군가 일부러 그런 것 같습니다. 그러자 듬성한 돌무더기 틈으로 물이 조금씩 빠져나가 물길이 거의 막힌 개울물의 위쪽은 아래쪽보다 물이 제법 깊게 고여있습니다.

"아저씨, 누가 저렇게 개울을 가로질러 돌무더기를 쌓아놓았죠?"

"누구긴 누구겠냐. 동네 사람들이 그랬겠지."

"왜 그랬을까요?"

"왜기는. 물고기를 잡으려고 그랬지."

"저렇게 해놓고 물고기를 잡아요?"

"모르시는 말씀. 이 개울에는 물고기들이 많이 산단다. 그러자 동네 사람들은 심심하면 저렇게 돌들로 개울물을 막아놓고, 또

저 위쪽의 어딘가에도 막아놓은 다음에, 미처 빠져나가지 못하고 그 안에 갇혀버린 물고기들을 그물로 잡아서 매운탕을 끓여 먹곤 했지. 이번에도 그러기 위해서 저렇게 막아놓은 것이란다."

"그랬군요."

람쥐가 고개를 끄덕거리자, 아저씨가 문뜩 말합니다.

"저쪽의 개울물 속을 들여다봐라!"

"보고 있어요."

"무엇이 보이니?"

"크고 작은 물고기들이 이리 왔다 저리 갔다, 도망칠 구멍을 열심히 찾고 있어요."

"그중에서도 방금 뛰어 오른 저 붕어는 아주 크지?"

"그렇군요. 어쩌다가 저렇게 갇혀버렸는지 모르겠어요."

"어쩌기는. 물고기들은 위쪽으로 거슬러 올라가기를 좋아하는 습성이 있단다. 그건 맑고 깨끗한 물을 찾기 위해서인지도 모른다. 어쨌거나 저 커다란 붕어도 그래서 이곳까지 거슬러 올라왔다가 그만 저렇게 갇힌 것이라고. 참으로 안 되었다!"

아저씨가 음매에— 이어서 말합니다.

"철부지급(轍鮒之急)이란 말이 있어. 수레바퀴 속에 고인 물에 들어 있는 붕어처럼 몹시 위급한 처지에 놓여 있다는 뜻인데, 바로 저런 경우를 말한단다.

중국의 전국시대의 사상가인 장자는 그러나 집안이 가난했지. 그러던 어느 날, 몹시 궁핍했던 그는 높은 벼슬자리에 있는 친구를 찾아가서 돈을 좀 꾸어달라고 말했단다. 그러자 친구가 말했지. 나의 영지에서 곧 세금이 걷힐 테니, 그때까지 며칠만 기다리게. 그러면 자네가 바라는 그 이상으로 빌려줄 테니까."

"당장 배가 고파서 찾아간 친구에게, 며칠만 기다리라니! 그래서 어찌 되었나요?"

람쥐가 안 내켜 하자, 아저씨가 얼른 고개를 끄덕거립니다.

"누가 아니라느냐. 친구의 말에 화가 난 장자는 곧 비유를 들어 친구를 빈정거렸지.

내가 이곳으로 오는데, 어디선가 애타게 나를 부르는 소리가 들리더군. 누가 그러나 살펴봤더니, 그건 수레바퀴 자국 속에 고여 있는 물에 갇혀 있던 붕어였다고. 그래서 내가 말했지. 이삼 일 후에, 내가 남쪽으로 갈 일이 있는데, 그때 서강의 물을 잔뜩 가져다가 주겠다고 말하자, 붕어가 벌컥 화를 내며 말하더군. 몇 바가지의 물만 있으면 내가 당장 살 수가 있는데, 당신은 그따위로 말하는군요. 나중에 건어물 가게에 가서 나를 찾아보시오―라고."

"하하하하."

"웃을 일이 아니다."

"참 그렇군요! 당장 저 개울물 속의 붕어가 큰일이로군요!"

"네 말이 맞다. 이러다가도 언제 그들이 나타나서 그물질을 하여 갇힌 물고기들을 마구 잡을지 모른다. 그러면 저 안의 물고기들은 떼죽음을 당하게 되고, 그중에서도 저 커다란 붕어는 제일 먼저 매운탕을 끓이는 솥 속으로……이런 급박한 상황을 초미지급(焦眉之急)이라고 말한단다. 눈썹에 불이 붙은 것처럼 아주 다급한 처지를 뜻하지."

"아저씨, 우선 저 큰 붕어만이라도 구할 방법이 없을까요?"

"그러잖아도 나도 그런 생각을 해봤다. 저만큼 크게 자랐으면 그동안 많은 시련을 겪었을 텐데, 그게 아깝고 딱해서라도…… 그러나 무슨 좋은 방법이 떠오르지 않더구나. 더구나 네가 보다시피, 지금 나는 줄의 한쪽 끝이 말뚝에 묶여 있으니, 이럴 수도 저럴 수도……."

마침 그때, 어느 틈에 이쪽으로 다가온 그 큰 붕어가 물 밖으로 입을 내밀며 람쥐에게 다급하게 간청을 합니다.

"나를 좀 살려줘!"

"나도 그러고는 싶지만, 무슨 방법으로 너를……."

"그래도 생각을 해봐. 네가 나를 구해 주고 싶은 생각이 참말이라면, 곧 좋은 방법이 떠오를 거야."

붕어의 말에, 람쥐가 얼른 말합니다.

"옳지, 이렇게 하면 되겠다!"

"어떻게?"

"몸을 솟구쳐서 네가 이 돌들의 울타리를 뛰어 넘으렴."

"그래 봤자야!"

"해보지도 않고?"

"뛰어서 넘어 보려고 나도 몇 번이고 생각을 해보고, 이미 그렇게 해봤다고. 그러다가 지쳐서, 이제는 그럴 힘조차 없어서……."

"그래도 포기해서는 안 돼! 시간이 너무 없다고. 마지막 방법으로, 그렇다면 이쪽 뭍으로 나오렴."

"그러면?"

"내가 두 앞발로 네 몸을 굴려서 돌무더기의 저 아래까지 데려다가 줄 테니까. 어떠니?"

"글쎄."

그러던 붕어는 더는 망설이지 않고

"그럼 힘껏 해볼게!"

몸을 풀쩍 솟구치며 뭍으로 나오려고 합니다. 그러나 실패합니다.

"다시 한 번 또 해봐!"

람쥐가 소리치자, 붕어는 이번에는 저쪽으로 헤엄쳐갔다가 이쪽으로 빠르게 다가오더니 온힘을 다해서 몸을 솟구칩니다. 그러자 붕어는 뭍으로 튀어나왔습니다.

"됐다, 됐어!"

그리로 다가간 람쥐는 두 앞발로 붕어를 굴리기 시작합니다. 그때부터 붕어의 몸은 이리저리 뒤집히며 돌무더기 울타리를 지나치고, 이윽고 물이 넉넉한 아래쪽에 다다른 붕어는 마지막 힘을 다해서 풀쩍 물속으로 뛰어들고, 물을 만나자 힘을 되찾은 붕어는 몇 번이고 비잉비잉 헤엄을 치다가 람쥐 쪽으로 다가오더니 말합니다.

"고마워!"

"고맙기는 그까짓 게 뭐가 고맙니."

"이 은혜는 잊지 않을 게. 그럴 날이 있을 거야!"

"오늘을 기억하며 앞으로는 조심해라."

"알았어. 알았다고. 안녕!"

"붕어야, 잘 가거라!"

붕어를 깊은 물속으로 떠나보낸 람쥐는 잠시 그쪽을 바라봅니다. 힘들었지만, 붕어를 구해주었다는 기쁨이 더 큽니다.

둑으로 올라오는 람쥐에게, 먼저 올라가 있던 염소 아저씨가 음매에 음매에—크게 반깁니다.

"람쥐야, 잘했다, 잘했다고!"

"그 정도를 가지고 뭘 그러세요."

람쥐는 짐짓 겸손한 체했지만, 염소 아저씨가 칭찬을 하자, 그래도 역시 기분이 좋습니다.

"붕어의 생명을 구해준 람쥐에게, 나도 무슨 선물을 해야겠는데……."

"선물이라니요?"

"지어지앙(池魚之殃)이란 말이 있단다. 연못 속의 물고기의 재앙이라는, 생각지도 않던 재앙이 엉뚱하게도 연못 속의 물고기에게 미친다는, 어떤 사건과 전혀 상관없는 사람이 엉뚱하게 피해를 본다는 뜻이라고.

옛날 중국 송나라에서 사마 벼슬을 하고 있던 환태라는 사람이 아주 귀한 보석을 가지고 있었다고. 그러다가 죄를 짓고 처벌을 받게 된 그는 그 보석을 가지고 도망을 쳤지만, 곧 붙잡혔지. 왕이 그 보석을 어디에 숨겼느냐고 물어보자, 환태는 저쪽의 연못 속에다가 던져버렸다고 말했어.

왕은 그 보석을 찾기 위해 신하들에게, 그 연못의 물을 모두 퍼내고 샅샅이 살펴보라고 명령했다고. 그러나 아무리 뒤져도 보석은 나오지 않았고, 연못 속의 물을 다 퍼내는 바람에 엉뚱하게도 그 속에서 살던 물고기들만 다 죽고 말았단다."

"아저씨는 그런 말을 왜 나한테 해주시나요?"

"왜냐하면 다 이유가 있어서라고. 동물이나 사람이나 언제, 어디서 무슨 재앙을 만날는지 알지 못하지. 아까 네 덕분에 생명을 구한 붕어는 참으로 운이 좋은 녀석이었어. 잠깐의 실수로 생명을 잃을 수도 있고, 남들의 짓거리가 엉뚱하게 나에게 재앙으로 닥칠 수도……그러니 너도 잠시도 방심하지 말고 살아야 한다. 알겠니?"

"염소 아저씨, 좋은 말씀 고맙습니다!"

"고맙기는. 네 덕분에 붕어가 살아가고, 그러자 오늘은 나도 기분이 좋으니까, 고마워해야 할 쪽은 오히려 나라구! 음매에 음매에—."

청둥오리 한 마리가 어느 집 닭장 위의 하늘을 날고 있습니다.

지금 청둥오리는 닭장을 내려다보고 있는 것이 아닙니다. 그 바로 옆에 나란히 이어져 있는 오리들의 집입니다. 그 안에서는 집오리들이 꿱꿱거리며 모이를 먹고 있습니다. 닭들처럼 뾰족한 부리로 콕콕 쪼아 먹는 것이 아니라, 주걱처럼 넓적한 부리로 마구 훑다시피 먹고 있습니다.

"맞아, 저 집이야!"

청둥오리는 차츰 고도를 낮추어가며 날아서 그 오리집 앞에 내려앉습니다. 그리고 철망이 쳐져 있는 그 안을 들여다봅니다.

그런데, 이게 웬일입니까! 갑자기 집오리 한 녀석이 밖의 청둥오리를 발견하고는 냅다 소리칩니다.

"넌 물오리가 아니냐. 맞지?"

"맞아. 그런데 왜 그러지?"

"어서 가! 어서 꺼지라고!"

"꺼지라니? 어디로 가란 말이냐?"

"그건 내가 알 바가 아냐. 어서어서, 빨리빨리 가버리라고. 되도록 이곳에서 멀리멀리 가버리라고!"

그러자 다른 오리가 소리칩니다.

"어서 날아가라니까! 어서어서—."

그뿐만이 아닙니다. 그 옆의 닭장에서도 수탉이 소리칩니다.

"야, 너는 집오리가 아닌 물오리—청둥오리가 맞지?"

"맞다. 그런데 수탉아, 너는 덩달아서 왜 그러지?"

"왜 그러느냐고? 그걸 몰라서 물어보냐?"

"모르니까 물어봤다고."

"그렇다면 너는 철에 따라 옮겨 다니는 철새가 맞지?"

"맞아. 난 철새라고."

"그러니까 얼른 여기를 떠나가라고. 그렇지 않으면 내가 당장 뛰어나가서 네놈을 당장…… 내 말이 안 들려?"

그 말에, 다른 닭들도 꼬꼬댁 푸드덕거리며 수탉을 거듭니다. 오리들보다도 더 야단입니다.

"도대체가……."

청둥오리는 그만 어리둥절합니다. 그럴 수밖에 없는 것이, 물오리(청둥오리)는 집오리의 원종이기에, 동족인 집오리가 반가워해야 마땅합니다. 그런데 반가워하기는커녕 왜 저렇듯 냉대를 하는지, 더구나 얼토당토않은 닭들마저 저 모양이니 청둥오리로서는 도저히 그 이유를 모르겠습니다.

하는 수 없습니다. 청둥오리는 그곳을 떠납니다. 그러나 멀리 가지를 않고 가까운 개울로 날아가서, 인적이 없는 아늑한 곳을 찾아 내려앉습니다.

오리들은 물을 좋아합니다. 물에 들어가면 물갈퀴로 노를 저어 배처럼 떠다니다가, 자맥질을 하여 물속을 돌아다니면서 먹이도 찾으며 신나게 놉니다. 집오리들도 그런데, 야생의 청둥오리는 말할 나위도 없습니다.

고향에나 돌아온 듯이, 개울물에 몸을 띄우며 청둥오리는 차츰 마음이 진정됩니다. 마음이 안정이 되자, 청둥오리는 아까 있었

던 일들을 머릿속에 떠올립니다. 집오리들은 왜 나를 그토록 박
정하게 쫓아버렸을까. 그렇다 치고, 닭들은 무엇 때문에 덩달아
서, 나를……

그때, 누가 이리로 가까이 다가옵니다. 얼핏 보자, 다람쥐입니
다. 아직 어린 다람쥐가 물 위에 떠 있는 청둥오리에게 먼저 말을
겁니다.

"내 이름은 람쥐라고 하는데, 너는 왜 혼자 있니?"

"왜 혼자냐고?"

"그래. 다른 때 같았으면, 청둥오리들은 식구들끼리 무리지어
놀곤 하던데, 지금은 너 혼자니까 궁금해서 물어본 거라고."

꼬리를 올리고 물가에 앉아 있는 람쥐가 고개를 갸웃거리자,
그러잖아도 외롭고 심심하던 터에 잘됐다 싶은 청둥오리가 람쥐
쪽으로 다가오며 말합니다.

"오늘은 그렇게 됐어."

"그렇게 되다니?"

"식구들과 함께 날아가다가, 나는 어디를 들를 곳이 있다면서
혼자 뒤쳐졌거든."

"들를 데라니?"

"저쪽 동네에 가면 닭장이 있고, 그 바로 옆은 오리들의 집이
라고. 그곳에 내 친구가 있거든. 그래서 그를 잠깐 만나보고 가려
고 그랬던 거라고."

"그 닭장은 언젠가 나도 가 봐서 아는데 그 옆은 너의 말대로

집오리들이 살고 있었다고. 그래서 친구를 만나봤니?"

"지난봄이었어. 여름이 오기 전에 우리는 사는 곳을 옮겨야 하거든. 나도 식구들과 함께 먼 북쪽 지방으로 날아가다가 문득 아래를 내려다보자, 누가 나에게 교신을 보내왔어. 잘 가거라, 또 만나자! 교신을 보낸 쪽은 그곳에 사는 내 또래의 집오리였다고. 나는 곧 회신을 했어. 고맙다. 가을에 찾아올 게. 그리고 너를 꼭 만날 게! 그랬었는데, 그리고 오늘, 틈을 만들어 찾아갔었는데……."

"그래서 그 친구를 만나봤니?"

"못 만났어. 그는 그들 틈에 섞여 있었고, 그리고 직감으로 그도 나를 만나보고 싶은 눈치였는데……."

청둥오리가 한숨을 내쉽니다. 아쉬움이 아직도 마음속에 앙금으로 남아 있는 표정입니다. 청둥오리는 람쥐에게 하소연이라도 하듯이, 아까 그곳에서 일어났던 한바탕의 소동에 대해서 말한 다음에 고개를 흔듭니다.

"도대체 모르겠어! 내가 그들에게 잘못한 것도 없는데, 그들은 왜 나에게 그렇듯 냉대를 했는지, 더구나 닭들마저……."

고개를 끄덕거린 람쥐가 말합니다.

"그럴 만한 이유가 있다."

"이유가 있다니……도대체 무엇 때문이야?"

"전에, 내가 그곳에 들렀을 때, 오리들과 닭들은 조류 독감을 크게 걱정했었다고. 그 조류 인플루엔자(AI)가 얼마나 그들에게 무서운 전염병이라는 것을 너도 잘 알잖아."

"어디선가 얘기를 얼핏 들어봤으니까, 나도 조금 알기는 알아. 하지만 그게 그들에게 그렇게 무서운 병이니?"

"무섭다 마다! 한 지역에서 조류 독감이 발생했다 하면, 반경 3킬로미터 안에 있는 닭과 오리들은 모조리 살처분이 되어 땅속에 묻힌다고. 어느 해에는 8백50만 마리, 이번에는 벌써 전국적으로 3천2백만 마리 이상이 어마어마하게 떼죽음을 당했는데도, 아직도 독감이 잦아들지를 않고 있으니 조류 독감을 옮긴다는 철새인 너를 보자, 그들이 그럴 수밖에……."

"그랬구나!"

"역지사지(易地思之)라는 말이 있다고. 있는 자리를 바꾸어 생각한다는, 입장이나 처지를 바꾸어서 생각해본다는 뜻이란다. 만약에 네가 그들의 입장이라면, 조류 독감을 퍼뜨린다는 청둥오리나 다른 철새들을 반가워하겠니?"

"듣고 보니 그렇기는 하다만……."

"무슨 불만이라도 있니?"

"그렇다면 나도 할 말이 있어!"

"말해 보렴."

"그게 어째서 우리들의 탓이란 말이냐. 우리는 철에 따라서 서식지를 옮겨다니는 죄밖에 없다고. 그게 금년에만 그랬냐? 수백 년, 수천 년 동안 그랬어도, 여지껏 아무 탈도 없었다고. 그런데도 갑자기 근래에 와서 조류 독감은 철새들이 옮긴다고 모든 허물을 우리들에게 뒤집어 씌운다고. 그렇다 치고, 우리는 독감에 걸리고 싶어서 걸리냐. 또 독감에 걸려도 우리는 아무렇지도 않은데, 집에서 기르는 닭과 오리들만 그 독감에 약하다는 것도 우습지 않느냐고. 안 그러냐?"

"듣고 보니, 네 말도 전혀 틀린 말은 아니지만……."

"아전인수(我田引水)라는 말이 있어. 자기의 논부터 물을 끌어 댄다는, 자기에게만 유리하게 모든 것을 생각하거나 행동한다는 뜻이야.

조금 아까도 말했지만, 우리 철새들은 독감에 걸려도 끄떡없는데, 왜 집에서 기르는 닭과 오리들은 그토록 그 병에 약할까 모르겠다고. 이건 그들이 감기에 대한 면역력이 부족한 때문은 아닐까. 그건 옛날처럼 그들을 자연 속에 풀어 놓고 기르지 않고, 비좁은 우리 속에다가 수백 혹은 수천 마리씩 가두어 놓고 기르다 보니 무엇보다도 운동량이 부족하고, 더구나 먹이로 성장 촉진제다 뭐다 인공 사료를 먹이다 보니 이래저래 면역력이 떨어진 것은 아닐까.

이건 인간들의 잘못이 크다고! 조금 길러 조금 먹으면 될 것을, 욕심을 부려 대량 생산을 하다가 빚어진, 인간들의 지나친 욕심에서 비롯된 것이라고. 그런데도 자기들의 잘못은 하나도 없고, 모든 원인을 우리 철새들에게 돌리고 있으니……안 그러냐고?"

"그렇더라도 너무 속상해 하지 마."

"지금 내가 흥분하지 않게 생겼냐?"

이어 청둥오리가 조금 수긋해진 어조로 말합니다.

"무엇보다 섭섭한 것은, 내가 그 친구를 만나보지 못했기 때문이야. 눈앞에 빤히 보면서도, 그쪽에서도 내가 누군지를 얼른 눈치로 안 것 같았는데, 우리가 반갑게 말 한마디 나누지도 못하고 헤어져야 했다는 것은 아무리 생각해도 슬픈 일이라고. 누가 우리의 순수한 우정을 모욕했는가, 그들이 원망스럽고 밉다고!"

"그 마음 이해가 된다."

"네가 알아줘서 고맙다."

"넌 이제 어디로 갈 거니?"

"우리 가족에게로 돌아가야 해."

"그곳이 어딘데?"

"해마다 우리가 가던 곳이니까, 찾아갈 수가 있어."

청둥오리가 물속에서 날갯짓을 하며 떠날 준비를 하며 말합니다.

"친구가 되어 주어서 고마웠다, 람쥐!"

"잘 가거라, 청둥오리야!"

"알았어, 너의 그 말들을 우리 이웃들에게도 전해줄게!"

청둥오리가 곧 하늘로 날아오릅니다. 청둥오리가 날아가는 쪽을 물끄러미 바라보며 한동안 떠날 줄을 모르던 람쥐가, 이윽고 돌아서며 혼잣말로 중얼거립니다.

"이래저래 사람들 때문이라니까!"

오늘 밤에도 람쥐는 잠들기 전에 엄마랑 도란도란 이야기를 나눕니다. 여느 때처럼 람쥐가 낮에 밖에서 겪었던 일들을 말해주자, 엄마는 람쥐의 이야기를 귀담아 듣습니다.

"엄마!"

"왜 그러니?"

"그 청둥오리는 가족을 만났을까?"

"만났을 게다."

"엄마가 그걸 어떻게 알지?"

"나도 그 청둥오리가 어떻게 되었는지 아직은 잘 모르지만……."

"조금 아까는 만났을 거라면서?"

"그건 그래 주기를 바랐기 때문이야. 이럴 수도 있고, 저럴 수도 있을 때에는, 잘됐을 것이다, 나는 되도록이면 잘될 거라는 쪽으로 생각하거든."

"그런 이유가 뭐야?"

"안 되는 쪽보다는 되는 쪽이 훨씬 낫잖니. 그렇게 생각하면 우선 내 마음부터 밝아지고, 편해지거든."

"흐흠, 그렇기도 하겠다."

람쥐가 고개를 끄덕거리자, 엄마가 느닷없이 엉뚱한 말을 합니다.

"그나저나 람쥐야, 너는 이리저리 돌아다니다가 배가 고프면, 무엇을 찾아 먹기나 하니?"

"그건 염려 말아요. 내가 다 알아서 하니까."

"호호호호. 그렇다니 다행이다."

"그런데, 엄마!"

"말하렴."

"그런데, 난 그러다가도 이따금 엉뚱한 생각이 들 때가 있거든."

"어떤 생각?"

"나는 먹기 위해서 사나, 살기 위해서 먹나―그런 생각."

"호호호호."

다시금 웃어대는 엄마에게 람쥐가 말합니다.

"엄마는 어느 쪽이야?"

"글쎄다."

"대답이 왜 그래?"

"퍽 까다로운 질문이라서……."

"그래도 어서 말해 봐!"

람쥐가 재촉을 하자, 조금 생각하던 엄마가 말합니다.

"우리 속담에 '나룻이 석 자라도 먹어야 샌님'이란 말이 있단다. 아무리 샌님이라도 살아 있어야 샌님이라는, 체면만 차리다가는 아무것도 못한다는 뜻이라고."

"샌님―이 뭐야?"

"생원―의 준말이야. 옛날에 과거 시험에는 두 가지가 있었대요. 대과는 학문이 아주 높은 사람들이, 소과는 학문이 낮은 사람

들이 보던 시험이래. 소과에서는 생원과 진사를 뽑는데, 그런 소
과에 급제만 해도 으스대며 양반 노릇을 톡톡히 했다는구나. 여
북하면 속담에 '생원님 종만 업신여긴다'는 말이 생겼겠니. 시시
하고 무능한 사람이 남을 멸시할 때 비아냥거리는 말이란다."

"나룻은 또 뭐야?"

"어른의 입 언저리와 턱과 볼에 난 수염이야. 글 읽는 선비를
뜻하기도 해."

"이젠 알겠어."

"우리 람쥐가 무엇을 알았을까?"

"그 속담은, 가난한 양반이 체면 때문에 궂은일을 마다하다가
굶어 죽으면 아무 소용이 없다는 뜻이지?"

"맞았다고!"

엄마가 이어서 말합니다.

"또 이런 속담도 있다고. '금강산 구경도 식후경(食後景)'─금
강산은 봄에는 금강산, 여름에는 봉래산, 가을에는 풍악산, 겨울
에는 개골산이라고 부를 정도로 세상에서 경치가 가장 아름다워
서, 옛날에는 교통이 불편하여 일생에 금강산 구경을 한번 하기
가 소원이었을 정도였는데, 아무리 그런 금강산 구경이라도 먹은
다음에야 한다는 뜻이란다."

"그러니까 살기 위해서는 우선 먹어야 한다는 뜻인데……."

"람쥐야, 너는 왜 살지?"

"하하하하. 이것도 같고, 저것도 같고, 아직도 잘 모르겠어."

동물 공화국

"네 발을 가진 동물이나 두 발을 가진 동물이나, 모든 동물들은 후손을 퍼뜨리기 위해서 살거든. 그건 동물들의 본능이야!"

"두 발 가진 동물은 누구야?"

"누구기는. 사람들이지!"

"두 발 가진 동물? 우습다!"

"네 발을 가진 동물들은 배가 부르면 더는 사냥을 하지 않아요. 그러나 두 발을 가진 동물들은 배가 불러도 사냥질을 하여 모피는 벗겨서 팔고, 남은 고기들은 창고에 쌓아두고, 그것들이 썩어서 버릴지언정 또 계속해서 사냥질을 하고……."

"왜 그러지, 그들은?"

"왜기는. 끝 모를 욕심 때문이지."

"한마디로, 우리는 살기 위해서 먹고, 사람들은 먹기 위해서 살고, 그들의 지나친 욕심 때문에, 네 발 가진 동물들이 불쌍하구나!"

"그러니, 너도 그런 줄 알고……."

"욕심이 끝이 없는 동물—난 두 발을 가진 동물들이 싫다!"

제2부 이웃 동물들

125

열린 동물원

제3부

열린 동물원

동물들의 노래

아— 옛날이여
누가 그 시절로 나를 데려다 줄 수 없나요
옛날이여— 어흥!

점심을 먹고 늘어지게 낮잠을 한잠 푹 자고 난 호랑이가 우리 속을 어슬렁거리며 돌아다니면서 웅얼웅얼 노래 한 곡조를 뽑습니다. 그 노래는 지금은 흘러간 유행가이지만, 아직도 그의 애창곡입니다. 가사의 대부분은 진작 잊어버렸고, 그러나 몇 구절만은 아직도 기억 속에 남아 있어서, 답답하거나 심심할 때마다 그가 부르곤 하는 노래입니다.

"멋진 노래예요, 아저씨!"

우리 안으로 들어서며 람쥐가 손뼉을 짝짝 치자

"어, 이게 누구야? 람쥐가 아니냐!"

호랑이 아저씨가 크게 소리칩니다. 너무 반가운 표정입니다.

"그동안에 왜 안 왔냐?"

"그럴 일이 있었어요."

"그럴 일이라니?"

"여기저기를 돌아다니느라고……."

"오호라, 말하자면 놀러 다니느라고 바빴다 이거겠지?"

"그래요."

"아암, 그래야지. 이 좋은 계절에, 너희 때는 답답한 굴속에 들어앉아 있을 필요가 없지."

"그동안 아저씨는 어떻게 지내셨나요?"

람쥐가 물어보자, 아저씨가 자리에 앉으며 점잖게 말합니다.

"나는 조용히 공부를 좀 했다고."

"공부를요?"

"왜 놀라느냐? 그놈의 공부, 나도 좀 하면 안 되냐?"

"그런 게 아니라, 호랑이 아저씨가 도대체 무슨 공부를 어떻게 하셨나 궁금해서……."

"으허허헛."

한바탕 크게 웃어댄 호랑이가 전에 없이 차분한 어조로 말합니다.

"책을 읽거나 골치 아픈 수학 문제를 푸는 것만이 공부가 아니지. 무엇을 깊이 생각해 보는 것도 공부라고. 어쨌든 나는 공부를 했고, 그게 무슨 공부냐 하면, 호생(虎生)이란 무엇이냐―하는 문제였다고."

"호생―이라니요?"

"왜 이상하냐?"

"사람들은 흔히, 이 세상을 살아가는 일을 인생(人生)이라고 말하던데, 아저씨는……."

"바로 그거라고. 나는 호랑이니까 '호생'이지, 안 그러냐?"

"듣고 보니, 말이 되네요. 하하하하."

웃어댄 람쥐가 이어 말합니다.

"그나저나 그 심각한 문제에 대해서 공부한 결과는 어떠했나요?"

"너, 이런 말을 아냐?"

"무슨 말인데요?"

"공수래공수거."

"무슨 뜻인가요?"

"공수래공수거(空手來空手去)라는 말은 빈손으로 왔다가 빈손으로 간다는, 사람이 이 세상에 태어났다가 결국에는 허무하게 죽는다는 뜻이라고."

"그건 사람들의 경우이고, 아저씨는 그들과 다르잖아요?"

"다를 것 요만큼도 없다. 올 때도 빈손으로, 갈 때도 빈손으로……그 점에서는 사람이나 호랑이나 마찬가지니까!"

"그래서요?"

"그 말은 부처님을 믿는 불교에서 나온 말이라더라. 그런데 불교에서는, 중생은 열심히 도를 닦아 해탈을 할 때까지 끝없이 윤회를 한다더라. 그 해탈은 쉽지가 않고, 따라서 업보에 따라서 죽었다가 다시 태어나기를 반복한다는 거야. 그렇다면 업보란 무엇이냐? 그것은 전생에서 몸과 입과 뜻으로 짓는 소행을, 특히 악행을 저지르면 다음번에는 그 정도에 따라서 불행하게 태어난다 하더라고."

"누가 아저씨에게 그런 말을 했나요?"

"이건 일찍이 산신령님이 우리 조상님들에게 일러주신 말이라고 하는데, 어쨌거나 그렇다면 나는 어떠하냐? 람쥐, 너도 봐서 알겠지만, 나는 무슨 죄 지을 게 없잖니. 늘 우리 속에 들어앉아서 주는 먹이나 받아먹으며 사니까, 굳이 다른 동물들을 살생할 이유도, 그럴 틈도 없기에 말이다. 하기에 나는 죽어서 다음에는 틀림없이 호랑이가 아닌 사람으로 태어날 게 틀림없다고! 그게 내가 공부한 결론이라고. 허허허헛."

"아저씨가 그렇게 되기를 바라겠어요."

"어?"

"왜 그러세요?"

"람쥐야, 내가 조금 전에 무엇으로 태어날 것이라고 말했냐?"

"사람으로요."

"그건 아니다. 나는 사람이 싫다. 호랑이로 다시 태어나는 게 차라리 낫다. 사람은 싫다고!"

"왜 그렇죠?"

"독사보다도 잔인하고, 끝 모르는 욕심쟁이에, 틈만 나면 거짓말을 하고……아예 태어나지를 말든가, 차라리 다른 하찮은 동물로 태어나는 게 낫지 사람은 싫다, 싫어!"

"사람들이 모두가 그런 건 아니잖아요?"

"알고 보면 그놈이 그놈이지, 뭐."

람쥐는 그 순간 문득 떠오른 생각이 있습니다. 언젠가 엄마랑 잠들기 전에 나눈 이야기들 중의 하나입니다.

"아저씨!"

"람쥐야, 왜 그러냐?"

"아저씨는 먹기 위해서 사나, 살기 위해서 먹나—둘 중에서 어느 쪽이신가요?"

"어이구, 나더러 또 공부를 하라는 거냐?"

"하하하하. 대답해 보세요."

"너는 먹기 위해서 사느냐, 살기 위해서 먹느냐—이거 보통 어려운 질문이 아닌 걸. 그렇다고 호랑이 체면에 모른다고 할 수도 없고……."

한동안을 생각하던 아저씨가 갑자기 소리칩니다.

"어휴, 넌 하필이면 왜 그런 질문을 하냐? 어흥!"

짜증이 나는지 갑자기 내지른 어흥 소리에, 우리 밖에서 구경을 하고 있던 관람객인 사내가 너무 놀라서 팔을 뒤로 젖히다가 팔꿈치가 여자의 가슴에 닿았습니다.

"이 남자가 술이 취했나? 엉큼하게 남의 앞가슴은 왜 건드려?"

"어어, 그런 게 아니라⋯⋯."

"아니기는 뭐가 아니냐고. 여자의 젖가슴을 왜 건드려?"

"내가 언제 그랬단 말요?"

밖에서는 그러거나 말거나, 람쥐가 호랑이 아저씨에게 말합니다.

"그렇다면 힌트를 드릴게요."

"그거 좋지."

"우리 속담에, 금강산 구경도 먹은 다음에 한다는 말이 있다고요. 그렇듯 먹는다는 것은 중요하다구요. 그러니까 먹어야 살고, 그렇다면 왜 사느냐?"

그러자 한참을 생각하던 아저씨가 무엇이 떠오른 듯 갑자기 큰소리로 말합니다.

"표사유피 인사유명(豹死留皮人死留名)이란 말이 있다고. 표사는 표범이 죽는다, 유피는 가죽을 남긴다는 말이지. 즉, 표범은 죽어서 가죽을 남기고, 사람은 죽어서 이름을 남긴다는, 사람은 후세에 이름을 남길 만한 좋은 일을 하라는 뜻이라고."

"그래서요?"

"호랑이나 표범이나 서로 친척이니까, 그 말이 그 말이지. 그러니까 사람이 죽어서 이름을 남기듯이, 호랑이는 죽어서 가죽을 남긴다—어떠냐?"

"그러니까 아저씨도 따지고 보면 지금 헛되이 살고 있는 것이 아니라는 말이로군요?"

"람쥐, 바로 맞았다! 내 말이 그 말이다."

아저씨가 싱글벙글 좋아합니다.

"아저씨!"

"왜 그러냐?"

"사람이 이름을 남기는 것과, 호랑이가 가죽을 남기는 것은 어느 쪽이 더 가치가 있을까요?"

"그야 물론 호랑이가 가죽을 남기는 쪽이지."

"왜 그런가요?"

"그까짓 이름이 뭐가 그리 대수로우냐. 그보다는 세상에서 가장 아름다운 호랑이 가죽이 더……넌 이 호랑이 가죽이 얼마나 값이 비싼 줄이나 아냐?"

"비싼가요?"

"그러니까 사냥꾼들이 며칠씩, 길게는 몇 달씩이나 잠복을 하고, 뒤를 추적하여 호랑이를 총으로 쏘아 잡는 것이라고. 망할 것들!"

그러자 람쥐가 웃으며 말합니다.

"아저씨!"

"말하렴, 람쥐."

"아저씨가 사람이라면, 이름을 남기고 싶겠죠?"

"어?"

잠시 어리둥절해 하던 아저씨가 곧 크게 고개를 젓습니다.

"아니, 아니, 내가 만약에 사람이라면, 나쁜 짓하고 더러운 이름을 남기느니, 그런 자들은 이름을 남기지 않는 쪽이, 그것이 섭섭하면 차라리 가죽을 남기겠다. 허허허헛."

"그렇다면 호랑이는 이름을 남기나요?"

"그것 참 근사한 말이다. 호랑이는 죽으면 이름을 남기고, 사람은 죽으면 가죽을 남긴다—허허헛 으허허헛!"

한바탕 웃어댄 아저씨가 느닷없이 무엇이 생각난 듯이 부릅니다.

"람쥐야!"

"네, 아저씨!"

"너, 혹시 혁명이란 말을 들어봤냐?"

"혁명이요?"

"그래, 혁명!"

"처음 듣는데요?"

"그렇다면 들어봐라. 그게 무슨 뜻이냐 하면, 지금까지 지켜 내려오던 어떤 권위를 뒤집어엎는 일이라는구나."

"지금까지 잘 지켜 내려오던 것을 왜 뒤집어엎지요?"

"그게 틀렸으니까 그렇지."

"무엇이 틀렸죠?"

"하는 짓들이 그렇지."

"누가 그렇다는 건가요?"

"누구기는. 사람들이지!"

"그렇다면 누가 사람들을 상대로 혁명을 일으킨다는 건가요?"

"그야 물론 우리 동물들이지!"

"네?"

"놀랄 것 없다. 너, 태산이와 복순이―를 아냐?"

"알아요. 바다에서 자유롭게 살다가 그물에 걸려들어 동물원의 풀장으로 끌려와서 재롱을 부리다가 다시 바다로 풀려난 돌고래들 아닌가요?"

"맞다. 그렇다면 누가 그들을 바다로 돌려보냈냐?"

"그야 물론 사람들이죠."

"그렇다면 그들의 행위는 잘한 짓이냐, 못한 짓이냐?"

"아주 잘한 행위였지요!"

"그렇다면 왜 같은 동물들인데, 바다에 사는 그 녀석들은 고향으로 돌려보내고, 허구한 날 동물원의 답답한 우리 속에 갇혀 사는 수많은 육지 동물들은 모르는 체……이건 자기네들이 동물원에 구경을 와서 그나마 볼거리가 없어질 게 걱정이 되어서 그랬든가, 아니면 호랑이 가죽이 탐이 나서 그랬든가, 이게 말이나 되느냐고! 그게 동물들을 사랑한다는 양심이냐고! 어이구, 내가 답답해서, 이거야 원!"

"아저씨, 진정하세요!"

"바다 동물들과 육지 동물들을 차별하는 불공평한 행위—한마디로, 사람들은 말만 번드르르 겉과 속이 다른 녀석들이라고. 그런 생각이 불쑥 떠오를 때마다, 이건 자다가도 벌떡 일어나 우리 밖으로 뛰쳐나가서, 그런 그들을 그냥······누군가 앞장을 서서 혁명을 일으키면, 그때는 나도 한몫을 크게 할 텐데 말씀이야!"

"아저씨가 앞장을 서려는 게 아니고요?"

"너, 그게 쉬운 일인 줄 아냐? 상대방은 사람들이라는 것을 알아야 한다고. 사람들이 얼마나 영리하냐! 나는 그들보다 훨씬 용맹스럽긴 하지만, 그들의 술수에는 당할 수가 없다는 것을 나도 잘 안다고. 그러니, 우리 동물원에서 나보다도 똑똑한 누군가 나서야 하는데, 그러면 나도 그때는······어흥!"

오늘따라 아저씨는 몹시 흥분을 한 것 같습니다. 우리에서 나와 꽤 멀리 왔는데도, 호랑이 아저씨의 울부짖음이 동물원에 가득히 울려 퍼집니다.

"어흥— 어흥— 어허웅!"

여우 부부는 언제나 다정합니다. 틈만 나면 뻬죽한 주둥이를 서로 비벼가며 놀이를 합니다. 놀이란 다른 것이 아닙니다. 문답 놀이—로서, 수컷이 질문을 하면 암컷이 대답을 하고, 이번에는 반대로 암컷이 질문하면 수컷이 답변하고, 그러다가 둘이 깔깔거리며 웃어대는 놀이입니다.

"사람이란 어떤 동물이게?"

수컷이 물어보자, 암컷이 자기의 생각을 얼른 말합니다.

"쥐 같은 동물!"

"왜 그럴까?"

"수서양단(首鼠兩端)이란 말이 있지. 수서는 구멍에서 쥐가 머리를 내미는 것이고, 양단은 이리 갈까, 저리 갈까 양쪽 끝 하나를 택해야 한다는, 어떤 선택의 갈림길에서 얼른 결단을 내리지 못하는 난처한 경우를 뜻하지. 그런데, 사람들도 마찬가지지. 이쪽에 붙어야 유리할까, 저쪽에 붙어야 유리할까, 눈치만 보며 사는 게 사람들이지."

"그러고 보니, 사람들도 별것이 아니네."

"옛날 중국에서, 황신의 인척인 두영과 전분이 서로 세력을 다투다가 재상이 된 전분이 어느 축하연에서 술잔을 돌리자, 모두들 일어나서 공손하게 잔을 받았지. 그러나 두영이 잔을 돌리자, 모두는 자리에 그냥 앉아서 잔을 받았지.

이런 사실을 뒤에 알게 된 황제가 시비를 가리려고 하자, 어사대부는 이쪽도, 저쪽도 일리가 있으니 폐하께서 판단을 내려달라고 어물 슬쩍 위기를 넘기려 했고, 그의 태도에 화가 난 황제는 그만 일어나서 나가버렸고, 그러자 전분은 어사대부에게 소리쳤지. 당신은 구멍에서 대가리만 내민 쥐처럼 이리저리 눈치만 보는구려—라고."

"히히히힛, 맞다! 좌고우면(左顧右眄)이란 비슷한 말도 있지. 왼쪽을 돌아보고 오른쪽을 곁눈질한다는, 어떤 일을 빨리 결정하지 못하고 눈치만 살핀다는 뜻이라고. 사람들도 쥐처럼 그렇다고. 히히히힛."

이번에는 암컷이 수컷에게

"사람이란 어떤 동물이게?"

똑같은 질문을 합니다. 이 놀이는 그래도 됩니다.

"철면피!"

"왜 그럴까?"

"철면피(鐵面皮)는 쇠로 만든 낯가죽이라는, 너무 뻔뻔스러워서 어떤 일을 당해도 부끄러워하지 않는 사람을 말한다고.

옛날 중국에, 학문과 재능이 뛰어난 왕광원이라는 자가 있었는데, 그러나 그는 출세를 위해서는 온갖 수모도 웃으며 참아내는 비열한 자였어.

어느 때, 술에 취한 어느 고관이, 내가 자네를 한번 때리고 싶은데, 어떤가? 하고 물어보자, 대감이 때리신다면 즐겁게 맞지요, 그러면서 그 채찍을 달갑게 맞았다고. 이런 광경을 지켜본 친구가, 자네는 많은 사람들 앞에서 부끄럽지도 않느냐고 핀잔을 주자, 왕광언이 얼른 말했지. 그런 고관에게 잘 보이면 해로울 게 요만큼도 없단 말씀야. 그러자 사람들은, 왕광언의 낯가죽은 열 겹의 철갑을 겹친 듯 두껍다고 말했고, 그때부터 철면피란 말이 생겨났다고.

그것과 비슷한 말들이 또 있지. 면장우피(面張牛皮)—얼굴에 쇠가죽을 바른 것처럼 뻔뻔스럽다는, 후안무치(厚顔無恥)—낯가죽이 두꺼워서 수치심을 모른다는 뜻이지. 사람들이 바로 그렇지. 히히히힛."

여우 부부의 놀이는 거기서 그칩니다. 마침 람쥐가 우리 안으로 들어왔기 때문입니다.

"람쥐야, 이리 오렴!"

"왜요, 아줌마?"

람쥐가 암컷 여우의 앞으로 다가갑니다.

"너, 요즘에 왜 안 놀러왔지?"

"여기저기 놀러 다니느라고요."

"거기까지는 좋다. 그러나 동물원 학교에 놀러왔으면 이곳부터 찾아와야지, 호랑이한테 먼저 가다니……."

"그러면 안 되나요?"

"벌써부터 호랑이의 위세를 빌리는 여우처럼 '호가호위' 하면 못 쓴다고. 알겠느냐?"

"어쩌다가 그만 그렇게 됐어요. 그런데 아줌마는 내가 그곳에 들른 것을 어떻게 알았나요?"

"호랑이의 목소리가 좀 크냐. 너랑 얘기하는 소리가 여기서도 다 들렸다고. 공수래공수거 어쩌고저쩌고, 호랑이는 인생이 아니라 호생 어쩌고저쩌고……아니냐?"

"하하하하. 호랑이 아저씨가 그런 말들을 했어요. 그런데 그게 어때서요?"

"공수래공수거―그 해석이 틀렸기 때문이라고."

"틀리다니요?"

"사람은 이 세상에 태어날 때, 빈손이 아니라고. 태어날 때부터 손에 무엇을 들고 나온다고."

"그런 말은 처음 듣는데, 그렇다면 무엇을 손에 들고 나오나요?"

고개를 갸웃거린 람쥐가 물어보자, 아줌마가 대뜸 핀잔을 줍니다.

"이런 멍청이! 넌 '금수저·흙수저'라는 말을 못 들어봤냐?"

"처음 듣는데요?"

"그건 다름 아닌 유산이라고. 부모가 자식한테 물려주는 재산이라고. 지주 같은 땅 부잣집에 태어나는 아기는 벌써부터 손에 번쩍거리는 금 숟가락을, 그 땅을 빌려서 부쳐 먹는 가난한 소작농의 아기는 번쩍거리기는커녕 싸구려 흙 숟가락을 손에 쥐고 태어난다는 뜻이라고. 오늘날에도 재벌 집에 태어나는 아기와 가난뱅이 노동자의 자식이기에 평생 가난할 수밖에 없는 그런 금수저·흙수저를 들고 태어나는 아기들이 얼마나 많은데, 뭐라? 빈손으로 왔다가 빈손으로 어쩌고저쩌고……웃기고들 있네!"

"듣고 보니, 그런 것도 같네요."

"람쥐, 너는 이 아줌마의 말을 꼭 기억해 두어라. 요즘은 그런 세상이라는 것을, 이 세상에서는 뭐니 뭐니 해도 돈이 최고라는 것을 알아야 해요. 뭐 요즘만 그랬는지 아냐? 여북했으면 우리 속담에도 '돈만 있으면 개도 멍 첨지'라는 말이 있겠니. 첨지는

정3품의 높은 벼슬인데, 돈만 있으면 멍멍 짖는 개도 김 첨지, 이 첨지처럼 멍 첨지 대접을 받는다는, 개처럼 천한 사람도 돈만 있으면 귀하게 대접해 준다는 뜻이야. 그뿐인 줄 아니? '돈만 있으면 귀신도 부릴 수 있다'는 속담도 있어요. 돈만 있으면 못할 짓이 없다는 뜻이라고. 알겠느냐?"

"아줌마가 자꾸 돈, 돈 하니까 내 머리가 돌 것 같아요. 하하하하."

"호호호호. 사람들이 머리가 돌아버리는 이유는 모두가 그놈의 돈 때문이지. 그러나 머리가 돈 람쥐는 되지 마라. 아니, 걱정할 필요가 없지. 우리 네 발 가진 동물들은 돈을 모르니까!"

그때, 여우 아저씨가 불쑥 말을 거듭니다.

"이럴 때, 농단(壟斷)이란 말을 빼놓을 수가 없지. 농단이란 사방이 깎아지른 높이 솟은 언덕을 말하는데, 좋은 위치에서 이익을 독점한다는 뜻이라고.

옛날 중국 전국 시대에, 제나라의 선왕은 몇 년 동안이나 자기의 곁에 있던 맹자가 그만 고향으로 돌아가려고 하자, 봉록을 크게 높여 주겠다며 붙잡아두려고 했지만, 맹자는 이렇게 말하면서 거절을 했지.

물물 교환을 하던 옛날에 교활한 어느 장사꾼이 있었습니다. 그는 시장의 사방이 깎아지른 높은 언덕 위로 올라가 시장을 내려다보면서, 이리저리 살펴가며 장사를 해서 시장을 독점하기에 이르렀습니다. 그것처럼 나도 나의 뜻이 받아들여지지 않았는데

제3부 열린 동물원

143

도 봉록만 높아 부를 독점하고 싶지는 않습니다—라고 말이다."

"그러니까 사람들은 먼 옛날부터 돈을 탐냈었군요?"

"그렇다마다! 그러니 옛날에도 그랬는데, 요즘에는 어떻겠느냐. 실력이야 어찌 됐든 돈만 있으면 국회의원도 되고, 뭣도 되고, 또 뭣도 되고, 다 되는 세상이다. 돈만 있으면 있는 죄도 없어지고, 없는 죄도 있게 되는 세상이다. 돈이야말로 만병통치약인 세상이다. 그뿐이냐? '처녀 불알'도 살 수가 있는 세상이다."

"에이, 아저씨도. 처녀가 불알이 있단 말인가요?"

"물론 없지. 그러나 돈만 있으면 그런 것까지도 구할 수가 있다는 뜻이지. 돈만 있으면 귀신도 부릴 수가 있거늘, 그런 것쯤이야. 안 그러냐?"

"하하하하."

"양두구육(羊頭狗肉)이란 말도 알아두렴. 양의 머리를 걸어놓고 개고기를 판다는, 겉은 그럴 듯하지만 실제로는 속임수를 쓴다는 뜻이라고.

옛날 중국 춘추 시대에, 제나라의 영공은 궁중의 미녀들에게 남장을 시켜놓고 즐겨 보는 야릇한 취미를 가졌지. 그러자 제나라의 미녀들은 따라서 너도 나도 남장을 즐겼다고. 이에 비위가 상한 영공은 궁중 밖의 여인들은 남장을 하지 못하도록 금지령을 내렸지만, 백성들은 그 명령에 따르지를 않았지.

그래서 그 이유를 재상인 안영에게 물었더니, 그가 말했지. 전하께서는 궁궐 안의 여인들에게는 남장을 권하시면서, 궁궐 밖에서는 금지를 시키시니, 이것은 양의 대가리를 내걸고 개고기를 파는 것과도 같습니다. 먼저 궁궐 안에서 남장을 금지시키신다면, 밖에서도 따를 것입니다. 그래서 그의 말대로 했더니, 곧 나라 안에서 남장 여인들이 사라졌다고 하지. 이건 정치가들뿐만 아니라 장사꾼들도 마찬가지라고. 그들뿐만 아니라……."

"모두가 그런 건 아니잖아요?"

"아니기는. 알고 보면, 모두가 그놈이 그놈이지."

홍! 하고 콧방귀를 뀐 수컷 여우가 이어 말합니다.

"수구초심(首丘初心)이란 말이 있단다. 수구는 언덕 쪽으로 머리를 둔다는, 초심은 근본이 되는 마음가짐을 말하지. 여우는 죽을 때, 제가 살던 곳을 향해 머리를 둔다는 말로서 고향을 잊지 못한다는, 자신의 근본을 잊지 않는다는 뜻이기도 하지. 우리 여우들은 그렇다고! 알고 보면 여우들이야말로 그렇듯 근본을 잃지 않는 격조 높은 동물인데, 사람들은 제까짓 것들이 우리 여우들을 보고 어쩌고저쩌고……."

바로 그때, 우리 밖을 지나치던 관람객이 걸음을 멈추며 옆의 친구에게 중얼거립니다.

"여기는 여우 우리로군."

"그렇구먼."

"난 저놈의 여우들을 보면, 괜히 입맛이 없더라. 요망하게 생긴 것이, 보기만 해도 재수가 없거든."

"누가 아니래나!"

우리 안에서 그들의 말을 들은 암컷 여우가 수컷 여우를 급히 부릅니다.

"여보, 여보! 당신도 방금 저 구경꾼 녀석들이 지껄인 말들을 들었지?"

"들었다고!"

"그런 말들을 들은 당신의 기분은 지금 어때요?"

"언젠가 토종 여우를 복원시킨다며 산에다가 풀어준 몇 마리 중에서 한 녀석이 민통선을 넘어 비무장 지대에서 발견이 되었다는 소리를 듣고, 속이 부글부글 끓던 터에……토종 여우면 어떻고, 수입 여우면 어떠냐고. 어떤 녀석들은 자유롭게 풀어주고, 어떤 녀석들은 이렇듯 가두어 놓고, 놀림감이 되게 하고……."

수컷 여우의 기분을 재빨리 읽은 암컷 여우가 얼른 말합니다.

"여보, 여보, 이럴 때는 아까 우리가 하던 놀이를 다시 하자고요. 어때요?"

"문답 놀이 말인가?"

"그래요."

"먼저 물어보라고."

"그들은 어떤 때는 자기들을 사람 또는 인간(人間)이라고 말하는데, 사람과 인간의 공통점은 무엇이게?"

"두 발 가진 동물—."

"그들의 차이점은 무엇이게?"

"사람은 밥 먹고 똥 싸는 평범한 동물, 인간은 자기는 바람 잡아 먹고 구름 똥 싸는 지식인이라면서 잘난 체 으스대는 동물—."

"모두 모두 맞았어요! 그런데 저 구경꾼 녀석들은 어떻게 생겼게?"

"한 녀석은 돼지, 한 녀석은 쥐를 닮은 동물—."

"맞았어요, 맞았어! 두 발로 걷고 있지만, 그렇듯 웃기게 생긴 동물들이라고요. 호호호홋."

"히히히힛."

그러던 여우 부부가 문득 생각난 듯이 서로 마주 보며 눈을 찡긋하더니, 며칠 전에 둘이서 작사 · 작곡을 한 노래를 부릅니다.

네 발 가진 동물들은 웃겨
두 발 가진 동물들이 멋져!
하지만 너무 좋아하지 마
언젠가 이런 날이 올지도 몰라
두 발 가진 동물들은 웃겨
인공지능 로봇들이 멋져!

코끼리의 우리는 이중으로 되어 있습니다. 철책과 우리 중간에는 코끼리가 쉽게 밖으로 나올 수도, 구경꾼들이 그 안으로 들어갈 수도 없게 깊은 도랑이 패여 있습니다. 하기에 구경꾼들은 코끼리에게 비스킷 같은 과자를 멀리서 던져주고, 그러면 코끼리는 그 긴 코의 끝으로 그 과자를 살짝 집어 입으로 가져갑니다. 그 동작은 너무나도 유연하고 자연스러워서, 구경꾼들은 그때마다 손뼉을 치며 좋아합니다.

람쥐가 우리 안으로 들어가자, 그런데 오늘도 어린 코돌이가 조금 이상합니다. 먼저 번에는 감기에 걸리더니, 오늘은 코끼리 아줌마처럼 서 있지를 않고, 저쪽에 가서 혼자 옆으로 누워 있습니다.

"안녕하세요, 아줌마!"

"람쥐가 왔구나."

"코돌이가 왜 저렇죠?"

"배탈이 나서 똥질을 하더니 힘이 없는 모양이다."

"왜 배탈이 났죠?"

"동물들은 좋아하는 먹이가 서로 다르단다. 또 어떤 먹이는 먹어도 되고, 어떤 먹이는 배탈이 나고⋯⋯그래서 동물들에게 함부로 먹이를 주지 말라고 동물원 측에서 경고문을 써 붙여놨는데도, 어떤 짓궂은 구경꾼들은 동물이야 어찌 되든 나쁜 먹이를 던져주거든. 그러면 얼씨구나 그걸 받아먹은 동물들은⋯⋯."

"그랬는데도 구경꾼들은 왜 나쁜 먹이를 던져주죠?"

"그건 글씨를 읽을 줄 몰라서 그러는 수도 있고, 알면서도 장난삼아 일부러 그러기도 한단다."

"장난삼아 일부러 그러다니⋯⋯못된 사람들!"

"두 발 가진 그들은 그런 동물들인 걸 어쩌겠니. 네 발 가진 동물로 태어난 것부터 잘못이고, 재수 없게 그들에게 붙잡혀서 이렇듯 동물원에 갇힌 것을 슬퍼할밖에."

갑자기 코끼리 아줌마가 먼 데를 바라보며 한동안 우두커니 서 있습니다. 그런 아줌마의 커다란 두 눈이 몹시 슬퍼 보입니다.

"아줌마는 지금 고향 생각을 하고 있죠?"

"용케도 아는구나."

"지금은 왜 그러나요?"

"내 고향 밀림에도 이따금 나쁜 풀과 열매들이 있단다. 그래서 어린 것들은 먹어서는 안 될 것들을 어른들로부터 배우고, 어쩌다가 잘못 먹었을 때는 얼른 약초를 찾아 먹으면 금방 낫는단다. 그러나 이곳에서는 이것저것 먹이가 많아서 그때마다 내가 가려서 먹이기는 해도, 코돌이가 혼자 바닥에서 주워 먹을 때도 있고, 그러다가 저렇듯 배탈이 나고……여기가 고향이라면, 이럴 때 코돌이에게 그런 약초를 먹이면 금방 나을 텐데!"

"너무 속상해 하지 마세요. 이곳에는 나쁜 먹이보다 좋은 먹이가 더 많으니까요."

"그건 네가 몰라서 하는 소리다. 아무리 좋은 먹이를 많이 준다고 해도, 자기가 마음대로 이곳저곳을 돌아다니며 찾아 먹는 것이 더 재미있고, 맛이 있단다. 이곳에는 먹이는 많아도 자유가 없어."

"자유가 그렇게도 좋은 건가요?"

"누가 너를 잡아다가 다람쥐 장 속에다가 가두어놓아 보아라.

속담에, 같은 일을 한없이 반복하거나 결말이 없을 때 '다람쥐 쳇바퀴 돌리듯' 한다는 말이 있다. 허구한 날 같은 일을 되풀이한다는 것─그것이 얼마나 지루하고 싫증나는 줄 아니. 자유를 잃어버렸을 때, 비로소 그 자유가 얼마나 소중하다는 것을 알지. 자유란 그런 것이란다."

아줌마가 긴 코를 치켜들고 뿌우엉 코나팔을 불더니 말합니다.

"더구나 요즘에 내 몸이 좋지가 않단다. 이러다가 죽을지도 모른다는 생각이 들 때도 있다고."

"오래 사셔야 해요, 아줌마!"

"수즉다욕(壽則多辱)이란 말이 있단다. 사람이 오래 살다가 보면, 그만큼 욕된 일도 많이 겪게 된다는 뜻이지. 하기에, 경우에 따라서 오래 살라는 것은 덕담이 아니라 악담일 수도 있다고.

중국의 요임금이 지방을 순시하던 중에 어느 변방에 이르자, 그곳을 지키는 벼슬아치가 말했어.

─저는 임금님께서 오래오래 사시기를 바라고, 두 번째는 부자가 되시고, 세 번째는 아드님을 많이 두시기를 빌겠습니다.

그러자 요임금은 고개를 저으며 말하기를, 나는 모두를 거절하겠네. 자식들이 많으면, 못난 자식도 섞여 있을 테니 걱정, 부자가 되면 그만큼 번거로운 일이 많아질 테니 걱정, 오래 살면 그만큼 욕된 일이 많을 테니 걱정……그래서 나는 자네의 바람을 모두 거절하는 것일세─라고."

"오래 살면 무엇이 그렇게 욕된 일이 많을까요?"

동물 공화국

150

"우리 코끼리만 봐도 그렇지. 코끼리는 사는 동안에 세 번이나 이빨을 갈 만큼 오래 산단다. 그런데 두 번째로 이빨을 갈고 나면 차츰 풀을 마음대로 씹을 수가 없고, 결국 그러다가 굶어죽는데, 그것부터가 좋지 않은 일을 겪는 게 아니겠니. 게다가 동작도 느려져서 무리에서 늘 뒤쳐지는 등……."

"듣고 보니, 이해가 되네요."

"그러자 코끼리는 자기의 수명이 이제 거의 끝났다 싶으면 알아서 코끼리 무덤을 찾아간단다. 그곳은 코끼리들만 아는 은밀한 동굴인데, 그곳에는 앞서 찾아와서 죽은 코끼리들의 시체들과 썩지 않은 상아들이 여기저기 널려있고, 어쩌다가 그런 동굴을 발견한 탐험가는 하루아침에 상아들로 벼락부자가 되고, 그러자 어떤 욕심 많은 자들은 짐짓 코끼리 무덤인 그런 동굴을 찾아 나서기도 하고……."

"그러나 사람들은 다르지 않아요?"

"다르긴 뭐가 다르단 말이냐. 네가 몰라서 그렇지, 사람들도 늙으면 관절염에, 고혈압에, 당뇨에……신체적인 고생이 얼마나 많은 줄 아느냐. 우선 그것부터가 욕이고, 게다가 기껏 키워놓은 자식들로부터 버림을, 며느리한테서 구박을, 국가로부터 외면을 당하고……."

"요즘에는 의학이 발달해서 사람들은 다른 동물들과는 다르다고 하던데……."

"의학이 발달하면 뭘 하냐. 너무 늙어 소생할 기미가 보이지 않는 환자는 안락사를 시키는 것이 본인이나 그의 가족을 위한 것인데도, 병원과 국가에서는 인권이니 인도주의니 내세우며 환자의 고통을 강제로 연장시키고 있다고. 그리고 보면, 알아서 스스로 무덤을 찾아가 죽을 수 있는 우리 코끼리들이 훨씬 행복하지. 알고 보면, 인간들은 서로 남의 자유와 권리를 갈취해 먹고 사는 잔인한 동물들이란다."

"듣기로는, 인간들은 자유를 좋아하고, 그런 자유를 얻기 위해서, 지키기 위해서 피를 흘리며 싸운다고 하던데……."

"오래전에, 총을 들고 아프리카로 건너온 백인들은 평화롭게 살고 있던 그곳의 흑인들을 짐승처럼 마구 잡아다가 배에 싣고 먼 대륙으로 가서 노예로 팔아먹었단다. 세네갈의 '노예의 집'에서만 2천만 명의 흑인들이 강제로 배에 실려……같은 사람이면서도, 백인들은 흑인들을 잡아먹지만 않았지 그렇듯 잔인하게 죽이고, 팔아먹고……그런 백인들은 누구냐? 누구보다도 자유를 사랑한다고 외치던 자들이었지. 그런 자들이 남들의 자유는 마구 짓밟고, 일요일에는 성당이나 교회당을 찾아가서 어쩌고저쩌고……그게 바로 인간들, 두 발 가진 동물들이란다!"

"어쨌거나 코끼리들은 좋네요. 죽고 싶으면 어느 때고 죽음의 동굴을 찾아가면 되니까요."

"그것도 모두가 지나간 이야기란다. 나는 지금 죽고 싶어도 그곳이 어디인지 모르고, 안다고 해도 놓아주지도 않을 것이고, 이곳에서 죽어간다 싶으면 수의사가 안락사를 시킬 텐데, 그런 점에서는 인간들보다 다행이라고나 할까."

"그것 참!"

"안락사를 시킨 다음 누군가는 이렇게 말하겠지. 코끼리는 죽어서 상아를 남기고, 인간은 죽어서 이름을 남긴다고. 아니지. 인간은 상아를 팔아서 돈을 남기겠지."

그런 코끼리 아줌마가 문득 노래를 부릅니다.

내 어금니 팔아서 부자가 되었군요
하지만 언젠가는 거지가 될 거예요
그대들이 지금은 으스대며 뽐내도
손자들은 어느 날 거지들이 될 거예요

람쥐가 보기에 지금 곰 아저씨는 기분이 매우 좋습니다. 기타를 치는 흉내를 내며 그 육중한 몸과 엉덩이를 이리 씰룩 저리 씰룩거리면서 노래를 부릅니다.

내가 먼저—빨리 빨리
내리거든 타세요!
타거든 내리라고!
아니 벌써—잊어버렸나
내가 먼저—빨리 빨리

그러자 우리 밖에서 구경을 하고 있는 사람들은 그걸 보며 아주 흥미로워 합니다. 곰이 자기들을 위해서 익살을 부리고 있다고 여겨지기 때문입니다. 곰이 하던 짓을 잠시 멈추자, 구경꾼들은 박수를 칩니다. 곰은 그런 그들을 위하여 조금 전에 하던 짓을 한 번 더 해보이더니, 우리 안에 들어와 있는 람쥐를 보자 그만 쉴 겸 자리에 주저앉으며 말합니다.

"어어, 람쥐가 왔구나."

"아까 왔는걸요."

"그렇다면 너도 내가 부른 노래를 들었겠구나?"

"아저씨의 멋진 춤도 보았는걸요."

"그랬구나."

"그런데, 그 노래의 가사는 무슨 뜻인가요?"

"무슨 뜻이라니?"

"내가 먼저—빨리 빨리……."

"<u>ㅎㅎㅎㅎ</u>. 그것 말이냐?"

"아무래도 무슨 뜻이 담겨 있는 것 같아서요."

람쥐가 고개를 갸웃거리자, 아저씨가 웃으며 말합니다.

"며칠 전에, 어떤 구경꾼 아이가 밖에서 아니 벌써—어쩌고저쩌고 노래를 부르더구나. 그때, 내 머릿속에 어떤 생각이 번갯불처럼 떠오르지 않겠니. 그러자 나는 곧 그 멜로디에 내 나름대로 가사를 붙였는데, 노랫말은 처음 못잖게 그 마무리도 중요하거든. 아직도 마음에 썩 드는 노랫말의 마무리 부분이 떠오르지를 않아서 아까는 거기까지만 부른 거라구. 어쨌거나, 알고 보면 그 가사에는 깊은 뜻이 담겨 있다고."

자못 심각한 표정을 지으며 곰 아저씨가 그 가사에 대해서 설명을 합니다.

"사주팔자(四柱八字)라는 말이 있어. 알기 쉽게 말해서, 사람의 한평생의 운수를 말하지. 사람들은 태어날 때, 저마다 팔자를 타고난다는 거야. 그래서 근심이나 걱정 없이 사는 것이 편안하면 팔자를 잘 타고났다느니, 운수가 나쁘고 복이 없으면 팔자가 사납다느니 말한다고. 그렇다면 팔자를 고칠 수는 없느냐? 그럴 수는 없다는 거야. 우리 속담에 '팔자 도망 못 한다'느니, '팔자 도망은 독 안에 숨어도 못 피한다'는 말이 있을 정도라고."

"동물들에게도 팔자가 있을까요?"

"나는 있다고 본다. 멀리 갈 필요도 없이, 나를 예로 들어 보자고. 어떤 녀석은 북극에, 또는 시베리아, 어느 녀석은 미국에 태어나기도 하고, 나 같은 놈은 자유를 빼앗긴 채 우리 안에 갇혀 지낼 팔자를……야생의 반달가슴곰을 번식시킨다면서 지리산에 풀어준 곰들이 그동안에 꾸준히 증가를 했는데, 지난겨울에도 어린 새끼 두 마리와 세 쌍둥이 새끼들이 태어나 모두 44마리가 되었다는구나. 그러면 나도 얼른 찾아가서 축하를 해주어야 마땅하거늘, 우리 안에 갇혀 있는 지금 나의 꼬락서니 주제에 그럴 수도 없고……그래도 나는 그나마 다행이랄까, 어떤 녀석은 철책에 갇힌 채 쓸개에 연결된 가느다란 고무호스로 인간들에게 웅담즙을 빨리는 기구한 팔자를 타고난단 말씀이야."

"그런데 아저씨는 왜 팔자 이야기를 꺼냈죠?"

"내가 왜 이런 말을 하느냐 하면, 사람들도 그렇지만, 나라들도 저마다 팔자가 있다 이거다. 어떤 나라는 크고, 어떤 나라는 작고, 어떤 나라는 행복하고, 어떤 나라는 불행하고……."

"이 땅의 팔자는 어떤가요?"

"아시아 대륙 동북쪽의 한 귀퉁이에 붙어 있는 한반도는 예로부터 참으로 불행했던 나라라고. 이웃의 힘센 나라들에게 끊임없이 외침을 받아왔지. 어떤 학자는 말하기를, 그 회수가 몇백 번이라는 거야."

"어휴, 그렇게나 많아요?"

"그거야 몽고의 침입이라든가 임진왜란, 병자호란 같은 큰 외침 말고도, 작은 외침들까지 합해서 그렇다고 해. 어쨌거나 중요한 것은, 그런 전쟁들이 가져온 결과가 문제라고."

"그 결과가 어때서요?"

"초근목피(草根木皮)라는 말이 있어. 풀뿌리와 나무껍질이란 뜻이지. 예로부터 우리나라에는 '보릿고개'라는 것이 있었어. 작년 가을에 거둔 곡식은 다 떨어지고, 봄철의 보리는 아직 여물지를 않아서 농민들이 살기가 아주 어려운 시기를 말하지. 그 시기에 그들은 풀뿌리를 캐먹고, 소나무의 속껍질인 송기를 벗겨서 죽을 쑤어 나누어 먹으면서 겨우겨우 힘겹게 살았다고. 그러니까 초근목피―는 가난한 자들의 눈물겨운 삶을 뜻하지."

"그랬었군요!"

"어디 그뿐이냐? 설상가상(雪上加霜)이란 말도 있다고. 눈 위에 서리를 더한다는, 눈이 내려서 가뜩이나 길이 미끄러운데, 그 위에 서리까지 내리니 불행이 겹칠 때 쓰는 말이지. 우리 속담에 '엎친 데 덮친다'는 말이 바로 그런 경우라고."

"엎어진 사람 위에 누가 또 엎어진다? 하하하하, 우습다."

"우습기는. 가뜩이나 생활이 어려운 백성들은 그들이 쳐들어 오면 또 피난을 가야 하고, 그러다가 언제, 어디에서 죽을는지 모르고, 가뜩이나 모자라는 식량이 다 떨어져서 끼니를 굶기가 예사이고, 그러자 아랫사람은 아침에 웃어른을 만나면 '안녕히 주무셨습니까?' 또는 '진지 잡수셨습니까?'라는 인사말이 자연스레 나오고……."

"그런 인사말들이 왜 어때서요?"

"어떻기는. 지난밤에 적군에게 죽임을 당하지 않고 무사하셨군요, 식량이 떨어져서 굶지는 않았느냐는 뜻이 담겨 있는 서글 픈 인사말이라고."

"알고 보니, 슬픈 아침 인사―로구나!"

"어디, 그뿐이냐! 난리 속에서 언제 죽을는지 모를 급박한 상황에, 남들을 생각할 겨를이 있어야지. 너도나도 '내가 먼저' 살아야 했고, 그러자면 '빨리빨리' 서둘러야 했고, 그러다 보니 '헐레벌떡' 숨이 찰 수밖에. 그것이 버릇이 되어 오랜 세월이 지난 오늘날까지도 여전히……그것이 그들이 지나온 과거의 모습이고, 지금도 계속되는 현재의 모습이라고."

"그것들은 좋지 않은 습관이에요."

"아무렴. 남들이야 어떻든 나만 좋으면 그만이고, 빨리빨리 서두르다가 보니 일을 건성건성, 그러다가 보니 부실공사가 되고, 그러다가 보니 붕괴 사고가 자주 일어나고……지은 지 얼마 안 되는 성수대교가 무너져서 버스가 추락하여 아침 일찍 등교하던 어린 여학생들이 많이 죽고, 다치고, 어디 그뿐이냐? 500명이 죽고 1천 명이 다친 삼풍백화점 붕괴 사고의 원인도 알고 보면 건물을 빨리빨리 대충대충 짓고 보니 부실공사가 되어 그렇듯……."

"아하, 알겠다!"

람쥐가 큰 소리로 말하자, 아저씨가 물어봅니다.

"무엇을 알았단 말이냐?"

"아까 그 노랫말 중에서, 아니 벌써 잊어버렸나—의 뜻을 알았어요."

"말해 보렴."

"모든 일을 빨리빨리 하다가 보면 엄청난 불행을 가져와요. 그런 줄 알면서도 사람들은 어느 틈에 벌써 잊어버리고 또 빨리빨리 서두르거든요. 그뿐만 아니라, 초근목피로 고생을 하던 조상들을 벌써 잊고, 오늘날 가정집들에서는 음식물 쓰레기가 넘쳐나고, 멀쩡한 옷들을 마구 버리고……그러니까 아저씨의 그 노랫말 속에는, 그래서는 안 된다는, 사람들을 향한 꾸지람이 담겨 있어요. 아닌가요?"

"어허허허, 맞았다고. 람쥐는 역시 똑똑하다니까!"

"그런데, 문제가 있어요."

"또 뭐가 문제지?"

"요즘에, 어린이들은 질서를 잘 지키는데, 어른들이 안 지키거든요. 그래서는 안 되는 거 아닌가요?"

"그러니까 내 노래가 바로 그거라고. 그것도 그 못된 습관 때문이라고. 내가 먼저―이다가 보니 질서가 실종되고, 빨리빨리 서두르다가 보니 겉치레를 중시하게 되고, 그러면서 앞만 바라보며 헐레벌떡―살다가 보니 숨이 차서, 아니 벌써―모든 것을 잊어버리고, 어느 틈엔가 나도 모르게 내가 먼저……이 땅의 어른들은 지금도 악순환을 거듭하며 살고 있다고."

"타고난 팔자는 못 고친다고 했죠?"

"그렇다고 하더라."

"하지만, 모두가 그 못된 습관부터 버리면 눈물이 웃음으로, 달빛이 햇빛으로 팔자가 바뀔 것도 같은데……안 그래요, 아저씨?"

"상탁하부정(上濁下不淨)이란 말이 있어. 윗물이 흐리면 아랫물이 맑지가 않다는 뜻이지. 속담에 '윗물이 맑아야 아랫물이 맑다'는 말이 바로 그거라고. 어른들부터 질서를, 높은 사람들부터 모범을 보여야 비로소……국민소득이 3만 달러가 되면 뭘 하냐. 국민소득만 높다고 선진국이 되는 게 아니라, 문화 민족다운 짓을 해야 비로소 선진국이라고."

갑자기 무슨 생각(노랫말의 마무리 부분)이 떠올랐는지 곰 아저씨
가 얼른 자리에서 일어서더니, 기타를 켜는 흉내를 내며 엉덩이
를 씰룩거리면서 아까 그 노래를 처음부터 다시 부릅니다.

내가 먼저―빨리 빨리

내리거든 타세요!

타거든 내리라고!

아니 벌써―잊어버렸나

내가 먼저―빨리 빨리

타거든 내려!

내리거든 타!

침팬지 사령관

오늘 밤에도, 잠을 자기 전에

"우리 람쥐, 오늘은 어디로 놀러 갔었지?"

엄마가 물어보자, 람쥐가 얼른 대답을 합니다.

"원숭이 교실."

"그랬었구나. 그래서 재미있게 놀았니?"

"응."

람쥐가 시큰둥 대꾸하자, 역시 엄마는 다릅니다.

"대답이 시원치 않은 것이, 그곳에서 무슨 일이 있었구나. 그렇지?"

그러자 람쥐가 오히려 엉뚱하게 되물어봅니다.

"엄마, 침팬지는 원숭이와 어떻게 다르지?"

"갑자기 그건 왜 물어보니?"

"알면 가르쳐 줘!"

엄마가 조금 후에 말합니다.

"나도 들은 얘기인데, 두뇌가 좋기로 만물의 으뜸이라는 인간들과 닮은 동물들을 영장류(靈長類)라고 하는데, 원숭이들이 바로 그들이야. 어떤 원숭이들은 큰 돌을 내리쳐 깨뜨려서 한쪽이 날카로운 돌도끼도 만들 줄 안다고 해. 그런데, 그들은 여러 종류가 있고, 그들 중에서도 인간들과 거의 가깝게 닮은 것을 유인원(類人猿)이라고 한단다. 인도네시아의 보르네오와 수마트라 섬에 사는 오랑우탄, 서부 아프리카에 사는 침팬지, 고릴라 등이 바로 그들이야."

"그들의 특징은 뭐야?"

"우선 몸집이 크고, 사람처럼 두 발로 걸을 수가 있고, 손가락과 발가락으로 물건을 쥘 수가 있고……그래서 인도네시아 사람들은 오랑우탄을 '산에서 사는 사람'이라면서, 그곳 여인들은 남편과 다투어 화가 나면 차라리 '숲속의 남자(오랑우탄)'한테 시집을 갈까보다—라며 빈정거린다는구나."

"그 정도로……."

"그러나 그들 중에서도 가장 지능이 발달한 것은 침팬지란다. 지능이 인간과 거의 비슷하다는 거야. 어려서부터 훈련을 시키면 글자를 가릴 줄 알 뿐더러 숫자를 헤아릴 줄도 알고, 사람과 어울려 카드놀이도 하고……."

"또 있어?"

"침팬지는 수컷 한 마리에 여러 마리의 암컷들과 새끼들이 한 가족을 이루며 살아. 그들은 심심하면 흰개미의 집을 찾아가서, 적당한 길이의 나무 막대기를 개미의 집 구멍으로 밀어 넣고 기다리지. 그러면 개미들은 침입자가 들어왔다면서 그 나무 막대에 달라붙고, 그러면 그걸 꺼내 흰개미들을 잡아먹는단다. 그뿐인가? 껍질이 단단한 견과류는 편편한 돌 위에 올려놓고, 적당한 크기의 돌을 가져와 두드려서 껍질을 깬 다음에 알맹이만 쏘옥 꺼내 먹을 줄도 아는, 사람들처럼 도구를 사용할 줄 아는 영리한 동물이라고."

"또 있어, 엄마?"

"그리고 비가 많이 내리면 나뭇잎들을 엮어 모자를 만들어 머리를 가리고, 밤에는 높은 나무 위로 올라가서 나뭇잎들이 무성한 가지들을 끌어다가 이리저리 엮어 침대처럼 푹신한 잠자리를 만든 다음에, 그 위에 누워서 편안하게 잠을 자고……."

"침팬지는 이래저래 사람과 거의 같구나!"

"그런데, 우리 람쥐는 오늘따라 왜 침팬지에 대해서 물어봤지?"

엄마가 또 호기심을 보이며 물어보자, 람쥐가 비로소 말합니다.

"오늘, 그동안 궁금하기도 해서, 원숭이 교실에 놀러갔었어. 그랬더니 전에 없이 심각한 표정으로 원숭이 할아버지가 나를 부르더니 말했어. 아무래도 람쥐, 네가 수고를 좀 해야겠구나—라고 말야."

"수고라니, 무슨 수고를?"

"침팬지 교실을 찾아가서 그곳의 우두머리 젊은 수컷에게 '나도 찬성하며 동참한다'라고 전하랬어."

"무엇을 찬성하며 동참하겠다는 것이지?"

"나도 궁금해서 그 할아버지에게 물어봤다고. 그랬더니 할아버지는 무슨 말인가 해줄 듯하더니 이내 조심성이 있는 표정으로, 차츰 알게 될 테니 이번에는 그저 그렇게만 전해 달라는 거야."

"그래서 어찌 되었니?"

"침팬지 교실은 사뭇 떨어져 있어. 나를 물끄러미 바라보는 침팬지들의 시선이 왠지 기분 나쁘고 싫어서 그곳에는 놀러가지를 않다가 이번에 처음으로 만나본 건데, 원숭이 할아버지의 말을 전하자 수컷 침팬지는 몹시 기뻐하며 내일 다시 찾아오라고, 꼭 찾아오라고 나에게 거듭 부탁을 했어."

"그래서?"

"그가 거듭해서 부탁을 하자, 나도 무슨 일 때문에 저러나 궁금하기도 해서, 그러겠다고 얼떨결에 약속을 했는데……어쩌지?"

"일단 약속을 했으면 지켜야 해."

"알았어, 엄마!"

"그건 그렇고……."

엄마가 무슨 말을 하려다가 잠시 주춤거리자

"왜 그래, 엄마?"

눈치를 챈 람쥐가 얼른 물어봅니다. 그래도 말이 없던 엄마가 조금 후에 차분한 어조로 말합니다.

"우리 람쥐, 이제부터 엄마의 말을 잘 귀담아 들으렴."

"응, 엄마!"

"유비무환(有備無患)이란 말이 있어. 준비가 되어 있으면 걱정할 필요가 없다는, 하기에 무슨 일이 일어나기 전에 미리미리 준비를 해두어 대비를 하라는 뜻이란다. 그렇지 않으면 속담에 '호미로 막을 것을 가래로 막는다'는 말도 있듯이, 적은 힘으로 될 것을 기회를 놓치면 큰 힘이 들게 되거든."

"무슨 말인지 알겠어."

"우리 람쥐가 무엇을 알았을까?"

"지금 우리가 살고 있는 굴에는 들락거리는 구멍 말고도 저 뒤에 엄마와 나만 알고 있는 비좁은 문이 또 있거든. 그건 우리의 굴속으로 언제 구렁이 같은 뱀이 기어 들어올지도 몰라서 엄마가 비밀로 따로 만들어 둔 것이라고. 그게 바로 유비무환—이지?"

"아이구, 우리 람쥐는 똑똑도 하지!"

람쥐의 볼에다가 뽀뽀를 한 엄마가 이어 말합니다.

"그리고 말이 난 김에 더 알아둘 것이 있어. 우리가 지금 살고 있는 굴속은 여름에는 시원하지만, 겨울에는 문제가 있다는 걸 알아야 해. 큰 눈이라도 내리면 굴의 입구가 꽉 막혀서 답답하고, 안에 공기도 부족해지고……그래서 겨울에는 굴속보다는 나무 구멍 속이 더 안전하단다. 마침 우리집 근처에는 큰 고목나무가 서 있고, 그 중간에 나무 구멍이 있으니까, 겨울이 오기 전에 미리 그 구멍 속으로 이사를 가렴. 그리고……."

"또, 무슨 말인데?"

"겨울이 오기 전에, 한겨울 동안 먹을 양식을 미리 충분하게 준비를 해놔야 해. 요즘에는 사람들이 다람쥐들의 양식인 밤이나 도토리를 마구 주워가거든. 전에는 워낙 양식이 부족하다 보니 그랬다 치더라도, 요즘에는 굳이 도토리까지 주워갈 정도로 가난 하지가 않은데도 사람들은 그저 놀이 삼아 심심풀이로……."

"알았어, 엄마. 그런데 나무 구멍 속에는 뱀이 안 들어오나?"

"겨울에는 뱀들이 겨울잠을 자니까, 그럴 염려는 없다구."

"그렇군."

그런 람쥐가 고개를 갸웃거리더니, 엄마에게 문득 중얼거립니다.

"그런데, 오늘은 이상하다!"

제3부 열린 동물원

"뭐가?"

"오늘따라 엄마는 왜 그런 말들을 하지?"

"무슨 말들을……?"

"겨울이 오려면 아직 멀었는데, 나무 구멍 속으로 이사를 가거라, 미리 양식을 준비하라는 둥……."

"으응, 그건 모든 것을 미리 준비하라는 뜻으로 그런 거야."

"아냐, 아냐!"

그런 람쥐가 이어 다그치듯 물어봅니다.

"엄마는 지금 무엇을 나한테 숨기고 있지?"

"내가 너에게 무엇을 숨겼다고 그러니?"

"아냐, 내 말이 틀림없다고!"

그러자 엄마는 하는 수 없다는 듯이,

"어차피 알 것이니……."

조금 후에, 다정한 목소리로 말합니다.

"이제 우리는 헤어져야 한단다."

"엄마랑 내가 헤어져야 한다고? 왜?"

"너는 그동안 자랄 만큼 자랐어. 그러면 엄마랑 헤어져서 따로 독립을 해야 해. 그럴 때가 된 거야. 그래서 좋아하는 짝도 만나고……이제 우리는 헤어져야 해. 전에 엄마가 너의 할머니와 그랬듯이 말야. 알겠니?"

"싫어! 안 돼! 나는 끝까지 엄마랑 함께 살 거야!"

"그럴 수는 없어. 내가 늙으면 너에게 짐이 될 뿐이야."

"전에, 엄마는 까마귀에 대해서 말해 주었어. 까마귀는 반포보은을 하는 효성이 지극한 새라고. 그때, 나는 엄마에게 약속을 했어. 이 다음에 엄마가 늙으면 내가 엄마를 보살피겠다고. 그런 람쥐가 되겠다고 말야!"

"무슨 말인지 알겠다만, 그래도 이제 우리는 헤어져야 해. 그것이 자연의 순리이니까. 그 누구도 그 순리를 어길 수는 없어. 그랬다가는 벌을 받게 된다고. 너를 위해서도 그럴 수는 없어. 알겠니?"

"그래도 난 엄마와 헤어질 수는……."

이윽고 람쥐의 커다란 두 눈에 눈물이 어립니다. 그러자 엄마도 눈물 섞인 어조로 말합니다.

"우리 람쥐, 이제부터 내 말들을 머릿속에 잘 기억해 두렴. 첫째, 너는 어디까지나 다람쥐라는 것을 잊지 말아라. 더 크고 힘센 동물들을 부러워하지 마라. 욕심을 부린다고 그렇게 되지도 않을 뿐더러, 그렇게 되지 못하는 자신이 속상하고 슬퍼지니까 그래. 너 자신에 만족하면 마음이 편하고 즐거워진다고."

"나는 다람쥐라는 것을 잊지 말 것! 다음에는 또 뭐야?"

"둘째, 정직해야 한다. 정직하지 못하면, 당장은 아니더라도 그 벌을 받게 되고, 나아가 남들에게도 피해를 주게 된단다. 그래서야 되겠니?"

"늘 정직해라! 그렇지 않으면, 자신은 물론 남들도 나 때문에……또 있어?"

"셋째, 쉬운 것이 어렵다는 것을 마음속에 새겨 두어라."

"쉬운 것은 쉬운 것이지, 뭐가 어렵다고……?"

"가장 쉬운 것이 가장 어렵단다."

"도대체 무슨 뜻인지, 점점 모르겠어."

"네 말대로 쉬운 것은 쉬운 것이야. 그러나 쉽다고 얕잡아 보지 말라는, 쉬울수록 실천하기가 어렵다는 뜻이야. 정직하라는 것은 얼핏 쉽고 평범한 진리야. 나도 할 수 있어. 그까짓 게 뭐가 어렵다고! 그러나 그 실천이 어렵거든. 진리의 자물쇠는 진리의 열쇠로만 열린다는 것을 잊지 마라."

"진리의 자물쇠는 거짓의 열쇠로는 열리지 않는다!"

"옳지, 옳지! 우리 람쥐는 똑똑도 하지."

엄마가 람쥐의 볼에다가 뽀뽀를 하자, 목이 멘 어조로 람쥐가 다시 물어봅니다.

"우리는 꼭 헤어져야만 돼?"

"그렇단다."

"그렇다면 언제 헤어진다는 거야?"

"지금 당장 그렇다는 건 아냐. 나도 우리 람쥐와 헤어지기가 싫으니까!"

"그럼 언제쯤?"

"내일, 모레쯤……."

"좀 더 오래 나랑 함께 있으면 안 돼? 며칠만이라도 더……."

"그래, 그래, 우리 람쥐! 그러자꾸나."

엄마가 람쥐를 품에 안더니 한쪽 볼을 람쥐의 볼에다가 정답게 비빕니다. 람쥐가 갑자기 울음을 터뜨리자, 엄마의 두 눈에도 눈물이 흐릅니다. 엄마도 지금 울고 있습니다. 람쥐는 엄마의 품에 안긴 채 울고 또 울다가 그만 잠이 듭니다.

다음날 아침입니다.

람쥐는 무엇인가 허전해서 문득 잠이 깹니다. 눈을 뜨자, 혼자입니다. 엄마가 보이지를 않습니다. 그 순간, 람쥐는 어떤 생각이 퍼뜩 떠오릅니다. 엄마는 갔구나! 내 곁을 떠나갔구나! 람쥐의 생각은 맞습니다. 엄마는 람쥐의 곁을 떠나간 것입니다. 어디론가 떠나버린 것입니다. 어차피 헤어질 것이라면, 하루라도 빨리 그러기로 마음을 굳힌 것입니다. 지금은 너무 냉정하다고 여겨지는지 몰라도, 오히려 그것이 서로가 덜 슬프다는 것을 엄마는 이미 알고 있었고, 좀 더 크면 람쥐도 그것을 알게 되리라고 여겼기 때문입니다.

"엄마!"

람쥐는 큰 소리로 불러봅니다. 그러나 아무런 대답이 없습니다. 다정한 엄마의 목소리는 어디에서도 들리지 않습니다.

'다시는 볼 수 없는 엄마……'

굴 밖으로 나온 람쥐는 사방을 둘러봅니다. 그러나 역시 그 어디에서도 엄마의 모습은 보이지를 않습니다.

한동안 멍한 표정이던 람쥐는 갑자기 울음 섞인 목소리로 먼 하늘을 바라보며 소리칩니다.

"엄마, 사랑해! 건강해야 돼! 람쥐보다도 더 오래 살아야 해! 알았지?"

　허구한 날 동물원의 우리 안에 갇혀서 살기에는 자기의 타고난 두뇌가 너무나 아깝다고 늘 생각하는 젊고 힘이 센 '팬조'(수컷 침팬지의 이름)는 오늘도 같은 생각입니다. 그만큼 팬조는 여느 침팬지들과는 다릅니다. 신체적인 외모야 서로 비슷하지만, 그의 생각은 엉뚱합니다. 그는 이 동물원으로 오면서부터 더욱 그랬지요.
　팬조는 일찍이 엄마로부터 들은 이야기가 있습니다. 우리의 고향은 아프리카라는 것과, 너의 고조부는 어떤 경로로 그랬는지는 몰라도, 서구의 어느 동물 연구기관에서 키워졌다는 것, 어려서부터 영리하여 두 발 가진 동물들과의 카드놀이는 물론 텔레비전을 켜고 리모컨을 돌려가며 좋아하는 프로그램을 찾아 볼 줄도 알고, 열쇠로 문을 열고 잠글 줄도 알고, 그리고 전화벨이 울리면 송수화기를 집어 들고 얼른 연구원에게 가져다주는 등 인간들이 하는 모든 것을 흉내 내고, 조작하고, 나름대로 생각하며 그들과 더불어 불편 없이 살았다는 것입니다.
　그러나 너의 할아버지 때에 문제가 생겼다는 것입니다. 어느 동물원에서 무슨 이유 때문인지는 몰라도 갑자기 혼자서 탈출을 했는데, 낌새를 알아차린 동물원에서는 곧 체포 작전에 나섰고, 멀리 가지를 못하고 쫓기던 할아버지는 결국 어느 높은 전선주 위로 올라가 피신을 했다가 그들이 쏜 마취총에 의해 잡혔고……그리고, 그들이 마지막으로 남긴 말은 '자유!'—이것은 너의 웃어른들로부터 전해져 내려오는 얘기니까, 너도 그런 줄을 알고…….

이런저런 경로로 이 동물원으로 오게 된 팬조는 곧 침팬지 우리 속으로 들어가게 되었는데, 그곳에는 늙은 수컷과 세 마리의 암컷과 그들 사이에서 나온 여러 마리의 새끼들이 한 가족을 이루고 있었지요. 동물원에서는 지금 있는 수컷이 너무 늙었기에, 새로운 수컷을 함께 넣어 조화를 이루도록 배려를 했는지도 모릅니다.

그러나 문제가 생겼습니다.

인간들과 침팬지들의 공통점은 무리를 지어 사는 동물들입니다. 그들은 서열을 중시합니다. 그들에게는 우선 먹어야 하는 식욕과 자기의 새끼들을 더 많이 번식시키고 싶은 성욕을 충족시키려면 무리 속에서 더 높은 지위를 차지해야 하고, 그러자면 자기들끼리도 치열하게 순위 다툼을 벌여야 하는, 인간들의 출세욕·승진욕·명예욕 등과 같은 신분 상승욕—또한 본능입니다. 본능에 이끌린 젊고 힘이 센 수컷 팬조는 늙은 수컷에게 틈만 나면 도전을 했습니다. 그러나 아직도 늙은 수컷은 자존심이 만만치가 않았고, 그때마다 침팬지 우리는 싸움판으로 떠나갈 듯이 시끄러웠고, 그러자 이거 안 되겠다 싶어진 동물원 측에서는 팬조를 다른 독방에다가 따로 격리를 시켰습니다.

독방 생활을 하는 동안, 팬조는 무엇보다도 외로웠습니다. 그럴 때마다 그는 이것저것을 생각하며 외로움을 달랬습니다. 그는 평소에 인간들을 싫어했습니다. 그도 인간들처럼 두 발로 걸어서 다닐 수가 있고, 두 손을 자유롭게 사용할 줄도, 감정을 표정에 드러낼 줄도, 상대방의 감정을 읽을 줄도, 나아가 그들의 말을 어느 정도 알아들을 줄도 압니다. 그들과 다른 점이 있다면, 침팬지들은 배가 부르면 잠을 자고, 배가 고파야 다시 사냥을 하지만, 두 발 가진 인간들은 배가 불러도 놀이 삼아 밤낮없이 사냥질을 하고, 나아가 살인에, 강간—네 발 가진 동물들은 암컷이 마다하면 수컷들은 그 뜻을 존중한다—에, 형제들끼리 서로 싸우고, 죽이고, 그것도 모자라서 부모가 자식을 고발하고, 자식이 부모를 죽이고…… 그런 인간들아, 너희들은 도대체 뭐냐? 도덕적으로나 윤리적으로나 우리 침팬지들보다도 못한 것들이……그런데도 지금 나는 우리 안에 갇혀 있고, 너희들은 우리 밖에서 자유롭다. 그리고 한 번 총에 맞으면 죽지만 않았지, 그 용맹한 호랑이나 사자나 훨씬 덩치가 큰 코끼리도 정신이 흐리멍덩 힘을 쓰지 못하고 오랫동안 깨어나지를 못하는, 더구나 우리를 탈출했던 나의 할아버지도 도로 붙잡힌 그놈의 마취총을 가지고 있다는 것이 다를 뿐이라는 결론이었습니다.

그리고, 또 한 가지를 알았습니다. 이 동물원의 우리 속에 갇혀 사는 동물들은 너나없이 불평·불만이 많다는 사실입니다. 큰 동물인 호랑이나 사자, 코끼리, 곰은 물론 여우나 원숭이 등 모두가 인간들을 싫어하며 비웃었습니다.

그러자 팬조는 '인간들이란 어떤 동물인가?'라는 질문을 그들에게 던졌고, 그러자 동물들은 나름대로 평가를 했고, 그것들을 종합해 보면 대체로 다음과 같습니다.

1. 인간들은 틈만 나면 거짓말을 한다.
2. 인간들은 틈만 나면 남들을 헐뜯는다.
3. 인간들은 틈만 나면 욕을 한다.
4. 인간들은 틈만 나면 도둑질을 한다.
5. 인간들은 틈만 나면 위선을 저지른다.
6. 인간들은 틈만 나면 돈부터 생각한다.
7. 인간들은 틈만 나면 이름을 남기려고 애를 쓴다.
8. 인간들은 틈만 나면 네 발 가진 동물들을 괴롭힌다.
9. 인간들은 틈만 나면 숲을 파괴한다.
10. 인간들은 틈만 나면 죄를 짓는다.

위에서 보듯이, 동물들의 인간들에 대한 평가는 매우 부정적이었습니다. 그러자 팬조는 생각했습니다. 좋아! 인간들은 죄를 짓지 않으면 잠시도 못 참는 동물들이지. 다만 남들과 조금씩 다른 죄를 짓는다는 것뿐이라고. 그러면서 남들의 잘못은 죄, 나의 잘못은 어디까지나 실수라면서, 남들에게는 엄격하고 자기에게는 관대하지. 그래서 그들은 계속해서 죄를 짓고 있지. 그러자 팬조는 인간들을 비웃습니다. 그런 것들이, 제 따위들이 뭔데…….

그리고 또 있습니다. 큰 동물들일수록 우리 속에 갇혀서 사는 것을 답답해하며 싫어했고, 그리고 이 동물원 학교의 교실들을 찾아와서 그들과 어울려 말동무를 하며 놀다가 가곤 하는 람쥐라는 어린 다람쥐가 있다는 것도 알았지요. 그도 람쥐를 만나보고 싶었습니다. 그러나 무엇 때문인지 람쥐는 침팬지 우리는 물론 팬조에게 한 번도 찾아오지를 않았습니다.

그렇게 1년 동안이나 독방에 격리되어 살던 팬조는 어느 날 갑자기 그 외로운 생활에서 벗어났습니다. 지난날, 그와의 우두머리 다툼에서 적잖은 신체적인 상처와 정신적인 충격으로 시름시름 앓던 늙은 수컷이 죽자, 동물원 측의 배려로 그는 독방 생활에서 풀려나 다시 침팬지 우리 안으로 돌아오게 되었고, 팬조는 별다른 저항도 받지 않고, 자연스레 침팬지 무리의 우두머리가 되었습니다.

그런 팬조는 곧 엉뚱한 생각을 합니다. 함께 사는 동물원의 모든 동물들도 한덩어리로 만들고 싶었습니다. 그들을 이 동물원의 답답한 우리로부터, 나아가 인간들로부터 해방을 시키고 싶었습니다. 그러자 그는 다음과 같은 내용을 동물원 가족들에게 두루 알린 다음에, 찬성이냐, 반대냐를 물어보았습니다.

〈우리의 요구〉

1. 네 발 가진 동물들은 두 발 가진 인간들의 노리개가 아니다.
2. 동물원에서는 먹이는 그때마다 흡족하게 주지만, 대신에 자

유가 없다.

3. 우리 안에 갇혀 있는 동물들을 각자의 고향으로 돌려보내고, 그곳에서 자유롭게 살도록 하라.

4. 이러한 요구가 관철될 때까지, 우리는 끝까지 투쟁할 것이다.

한밤중에 팬조로부터 이런 요구 사항들을 들은 동물원 교실들은 너도나도 그를 지지했습니다. 그중에서도 호랑이가 제일 먼저 찬성을 했고, 이렇듯 앞장을 선 팬조를 칭찬하며 우리의 사령관이 되어달라면서, 앞으로 무슨 일이 벌어지면 그때는 호랑이인 내가 선봉에 서서 돌격대장 노릇을 하겠으니 명령만 내리라고 벌써부터 흥분을 했습니다. 뒤질세라, 여우들은 '쇠뿔도 단김에 빼랬다'는 속담도 있듯이, 말이 난 김에 지금 당장 '우리들을 위한, 우리들에 의한, 우리들만의 동물 공화국'을 수립하자면서, 지금 이 순간부터 팬조를 우리의 초대 지도자로 모시자고 선동을 했습니다. 그러자 모든 동물들은 찬성을 했고, 그러자 팬조는 그 순간부터 이곳 동물 공화국의 최고 지도자 겸 사령관으로 추대되었습니다.

그런데, 아직 원숭이 교실에서는 아무런 연락이 없습니다. 그러자 팬조는 몹시 불쾌하고 섭섭했습니다. 알고 보면 원숭이들도 같은 영장류로서 침팬지들의 친척인데, 그리하여 앞장을 선 팬조를 누구보다도 먼저 지지해 주리라고 믿었는데……그렇듯 궁금해하던 터에, 이윽고 람쥐를 통해서 찬성한다는 연락이 온 것입

니다. 내일 다시 오겠다며 약속한 람쥐가 가버리자, 팬조는 즉시 원숭이 교실로 연락을 했고,

"무슨 일인가?"

그쪽에서 할아버지 원숭이가 대뜸 나섰습니다.

"아아, 영감님이시군요! 뒤늦게나마 저의 의견에 찬성을 해주셔서 고맙다는 말씀을 드리려고요."

"찬성한다는 의사 표시가 늦은 이유가 있었다네."

"이유라니요?"

"몰라서 묻나? 우리 동물원의 모든 식구들의 자유를 위해 젊은 팬조가 앞장을 섰다는 것이 나는 몹시 자랑스러웠네. 역시 침팬지의 두뇌는 네 발 가진 모든 동물들보다 뛰어나고, 인간들에 비해 뒤떨어질 게 없다면서 말야. 그러나 한편으로는 걱정이 되었네."

"걱정이라니요?"

"밀림에 사는 원숭이들은 적어도 30개가 넘는 소리를 가지고 그때마다 서로 소통을 한다네. 주위에 적이 나타나면 그 종류에 따라서 먼저 발견한 자의 경고음이 다르고, 그러면 모두들 그때마다 대피하는 장소가 다르다고. 이를 테면, 그것이 무시무시한 구렁이일 경우에는 모두가 높은 나무 위로, 하늘의 독수리일 경우에는 그들의 날갯짓이 부자유스러울 가지와 잎이 무성한 숲 속, 너무 급박한 경우에는 덤불 속으로……그런데, 인간들은 오늘날 어느 시대에 살고 있는가? 자네도 알다시피 '인공지능' 시

대가 아닌가! 오늘날까지 네 발을 가진 동물들은 고주파 · 저주
파로도 소통을 했지만, 인간들은 마음만 먹으면 원숭이들과 다른
동물들의 언어들을 그때마다의 그 높낮이와 표정들과 함께 기계
속에 저장하여 분석하는 것쯤 식은 죽 먹기일세."

"그렇다면 그들이 우리 동물들의 움직임을 눈치라도 챘다는
말씀인가요?"

"아니라고 말할 수도 없지 않나. 그러잖아도 요즘 동물원의 사
육사들은 가끔씩 동물의 우리 안을 조심성 있는 시선으로 살피는
것 같더라고. 그렇지 않겠나. 전에 없이 동물들이 한밤중에 지르
는 소리(우리들의 대화)들이 아무래도 신경이 쓰이겠지. 만약에 동
물들에게 무슨 일이 일어나면, 그들로서는 이만저만 큰 문제가
아니니까 그렇지. 그러자 나는 행여 비밀이 샐까봐서 이래저래
소리로의 회답을 미룬 것이고, 그러다가 마침 람쥐가 놀러왔기
에, 찬성한다는 말을 전하라고 부탁한 것일세."

"듣고 보니, 영감님의 조심성은 남들과 다르십니다. 그런 줄도
모르고 저는……. 혹시 저에게 무슨 충고의 말씀이라도 있으시
면 해주십시오."

"그렇다면 좋네. 나도 자네가 앞장 선 이번 거사가 성공하기를
바라네. 그러나 불안감도 전혀 없지 않네. 인간들이나 동물들이
나 젊은 때는 혈기가 넘쳐서 일을 우선 저지르고 본다네. 그러니
매사에 신중을 기해서 하기 바라네."

"영감님의 말씀을 명심하겠으며, 앞으로 저의 '맨토(스승)'로

모시겠습니다."

"그럴 것까지 없네. 속담에 '사공이 많으면 배가 산으로 올라간다'든가 '상좌 중이 많으면 가마솥이 깨진다'든가 '목수가 많으면 집 무너뜨린다'는 말이 있다는 것을 모르는가. 이말 저말 듣다가 보면 자칫 헷갈리는 수가 있으니, 어디까지나 현명한 자네의 판단대로 밀고 나아가게나. 그리고……."

"또 무엇입니까?"

"백에 하나, 이번 거사를 동물원 측에서 눈치를 채면, 모든 것이 수포로 돌아가네. 그러니 자네의 계획이나 지시(그건 명령이나 다름없음)는 반드시 동물 교실들에게 개별적으로 전달하고, 그러기 위해서는 람쥐를 이용하게나. 람쥐는 착하고 똑똑한 다람쥐로서 우리 동물원의 식구들과 아주 친하다네. 우리 모두를 위해서 람쥐만큼 믿고 일을 맡길 만한 적임자가 없다는 것을 알아두게!"

"그러잖아도 앞으로 람쥐가 어딘가 쓸모가 있겠다는 생각을 했었고, 그래서 다시 만나자고 부탁을 하자, 람쥐도 승낙을 하며 내일 다시 오기로 약속을 했습니다."

"그렇다면 잘되었네! 람쥐는 우리 모두를 위해서 맡은 일을 빈틈 없이 잘 해낼 것일세."

다음날입니다.

람쥐가 침팬지 교실을 찾아가자, 팬조는 크게 반깁니다.

"오오, 람쥐는 약속을 지켰구나!"

"네, 아저씨."

"다음부터는 나를 아저씨라고 부르지 말고, 지도자 겸 사령관이라고 불러라. 그 호칭이 길면, 그냥 짧게 사령관 동지—라고 말이다."

"사령관 동지라고요?……왜죠?"

"이 동물원의 모든 동물들이 나를 그렇게 부르기로 했거든."

"무슨 이유 때문인가요?"

"그 이유는 차츰 알게 될 것이다."

"지금 알면 안 되나요?"

람쥐가 안 내켜 하자, 무엇인가 조금 생각하던 팬조가 고개를 끄덕거립니다.

"좋다! 어차피 너도 네 발 가진 동물로서, 우리들의 편이니까."

이어 팬조는 지금까지 동물원 안에서 밤에 그와 동물들이 주고받았던 대화의 내용들을 알려준 다음에 힘주어 말합니다.

"이제부터가 중요하다!"

"왜 그런가요?"

"우리가 목적을 달성하기 위해서는 아직 갈 길이 멀다. 왜냐하면 동물원에서는 우리의 요구가 무엇이라는 것을 알았다 하더라도, 호락호락 받아들이지 않을 게 뻔하다. 그렇다고 우리도 여기서 물러설 수는 없다. 그들과 맞서서 싸워야 한다."

"어떻게 싸우죠?"

"우리는 우리의 요구가 받아들여질 때까지 투쟁한다."

〈투쟁 방법〉

1. 우선 단식을 한다.
2. 아울러 밤마다 자기들의 고향을 바라보며 침묵의 시위를 한다.
3. 그래도 우리의 요구가 받아들여지지 않으면 마지막 수단으로 혁명을 일으킨다.

"혁명을요?"

"그렇다. 마지막으로 그 방법밖에 없다."

팬조가 사령관답게 엄숙하고도 단호한 표정을 지으며 람쥐에게 말합니다.

"그러기 위하여, 앞으로 나는 너의 협력이 꼭 필요하다."

"내게 무슨 능력이 있다고……."

"아니, 아니, 이제부터 너야말로 나를 곁에서 도울 수 있는 적임자이다!"

아직도 어리둥절한 표정인 람쥐에게 팬조가 설명을 합니다.

"지금 이 동물원 측에서는 우리의 전에 없었던 이상한 행동을 눈치채고 나름대로 경계를 하고 있다. 이럴 때, 자칫하면 우리의 모든 계획은 수포로 돌아갈 수도 있다. 하기에 나는 앞으로 우리 동물 가족들에게 지시를 내릴 때, 큰 소리로 말하는 대신에 람쥐, 너를 통해서 은밀히 전달하기로 했다. 그러면 동물원 측에서는 전처럼 조용해진 동물원에 만족하며 경계를 풀 것이고, 그러면 그만큼 우리의 계획은 성공을 거둘 수가 있다. 말하자면 람쥐―

너는 나의 연락병으로서, 그 임무가 막중하다. 어떠냐?"

너무도 뜻밖의 요청이라서 람쥐가 주저하자, 팬조가 부드러운 어조로 용기를 줍니다.

"나는 네가 기꺼이 나의 요청을 수락하리라고 믿는다. 왜냐 하면 그것은 너랑 친한 이 동물원의 동물 가족 모두를 위한 것이고, 나아가 역시 네 발을 가진 동물인 너의 자존심을 위한 것이기도 하기 때문이다. 어쨌거나 지금 너는 우리들 모두에게 없어서는 안될 아주 중요한 존재라는 것을 알아두었으면 한다. 이번 거사가 성공을 하면 너에게는 훈장과 함께 큰 직위가 내려질 것이다. 약속한다!"

팬조의 말에, 람쥐는 '훈장과 함께 큰 직위'라는 말이 그다지 귀에 거슬리지는 않습니다. 차츰 그동안 드나들었던 동물원의 여러 교실들이 머릿속에 떠오릅니다. 그리고 그때마다 정답게 맞아주었던 원숭이, 코끼리, 호랑이, 여우, 곰 말고도 많은 동물들의 모습이 눈앞에 어른거립니다. 그들은 허구한 날 답답한 우리 속에서 사는 것을 싫어했고, 이곳을 벗어나 숲속이나 드넓은 초원에서 마음껏 뛰어 놀기를 바랐으며, 잔혹하고 탐욕스러운 두 발 가진 인간들을 싫어했습니다. 그것은 람쥐도 마찬가지입니다. 그런 만큼, 이 동물원의 모든 식구들이 우리 속에서 풀려나 자유를 찾겠다는 이번 계획에 반대를 할 이유가 하나도 없습니다. 나아가 그런 그들에게 보탬이 될 수 있는 자신이 몹시 기뻤고, 그들을 위해서라면 무슨 일이라도 하고 싶었습니다.

"좋아요, 힘껏 돕겠어요!"

"고맙다, 람쥐!"

이어서 팬조가 말합니다.

"너는 내일부터 이곳에서 나랑 함께 지낸다. 네가 지낼 곳은 내가 연락병을 부르면 얼른 달려올 수 있는 내 주위의 어디라도 좋다. 이곳에는 네가 먹을 양식이 충분하다. 알겠는가, 람쥐 연락병?"

"네, 사령관 동지!"

벌써부터 팬조와 람쥐는 호흡이 척척 맞습니다. 그러잖아도, 엄마가 멀리 떠나버린 굴에서 혼자 지내야 하는 람쥐는 너무 외롭고 쓸쓸했습니다. 이래저래 당장 지금부터라도 이곳에서 그와 함께 지내고 싶습니다.

팬조는 어느 틈에 구체적인 계획도 이미 짜놓았습니다.

〈혁명 계획〉

1. 각 교실의 동물들은 때가 되면 냉정해야 된다. 그동안 친해져서 정이 들었다고 마음이 약해져서는 안 된다. 방심한 담당 사육사로부터 그가 가지고 있는 동물원 교실의 열쇠를 훔치든가 빼앗는다. 그러기 위해서는 손놀림이 빠른 원숭이와 코끝이 예민한 코끼리가 성공 확률이 높다고 본다.

2. 원숭이와 코끼리는 교실에서 나와 다른 교실들을 돌아다니며 잠긴 문을 모두 열어준다.

3. 원숭이와 여우는 작전을 짜고, 힘센 호랑이와 사자, 코끼리와 곰은 일선에 서서 두 발 가진 동물들과 맞서 싸운다.

4. 다른 모든 동물들은 할퀴고, 꼬집고, 간지러움 등으로 인간들을 괴롭힌다.

5. 그런 와중에도, 네 발 가진 동물들은 무엇보다도 두 발 가진 동물들의 마취총을 늘 경계하고 주의해야 한다. 왜냐 하면, 총은 우리를 죽이지만, 마취총은 우리를 일시적으로 잠들게 했다가 다시 깨어나게 하여 자유 없는 고통을 연장시키는, 알고 보면 총보다도 더 무서운 무기이기 때문이다.

그러나 팬조는 혁명 계획을 람쥐에게 알려주지는 않습니다. 아직은 때가 이르기 때문입니다. 우선 투쟁 방법부터 동물원 교실들에 두루 전달하도록 람쥐에게 지시를 하더니, 이어 말합니다.

"이 동물원의 모든 동물들이 단식―물은 하루에 한 모금만 먹을 것―을 해도, 연락병은 예외로 한다. 왜냐하면, 단식을 하면서 드넓은 동물원의 교실들을 이리저리 찾아다니는 힘든 임무를 수행할 수가 없기 때문이다. 알겠는가?"

이 동물원의 원장실 문에는 '회의중'이라는 팻말이 밖으로 내걸려 있습니다. 지금 안에서는 회의를 하고 있기 때문입니다. 참석자는 동물원장과 동물들의 사육사들을 대표한 사육부장, 수의사실에서 온 수의부장, 그리고 동물원의 비상대책위원장과 방역부장—입니다. 그들의 직책으로 보아서 오늘의 이 회의가 얼마나 중요한 문제를 토의하고 있는지를 잘 알 수가 있습니다.

"에, 에, 여러분! 그러면 이 동물원의 원장인 내가 먼저 한마디 하겠습니다. 딱 잘라서 한마디로, 도대체 이게 말이나 됩니까? 도대체 이게 있을 수가 있는 일입니까!

세계의 어느 동물원에서도 일찍이 없었던 일이 바로 우리 동물원에서 일어나고 있다, 이겁니다. 모든 동물들이 단식에 이어 어젯밤부터는 '촛불 시위'를 벌이고 있는데, 여러분은 이 문제를 어떻게 보십니까?"

원장이 놀랄 만도 한 것이, 갑자기 동물들이 먹이를 일절 먹지를 않고 있는 것도 놀랍고 심각한 문제인데, 밤에는 잠도 자지를 않고 '촛불 시위'까지 벌이고 있으니 말입니다.

그 촛불 시위란 다름이 아닙니다. 팬조로부터 투쟁 방법—지시를 람쥐를 통해 전달받은 동물들은 우선 단식 투쟁부터 시작했습니다. 사육사들이 제공하는 먹이를 일부러 먹지 않고 굶기 시작한 것입니다. 그뿐인가요? 다음날 밤부터는 잠을 자지 않고 자기의 우리 안에 앉아서 각자의 고향을 바라보며 침묵 시위를 벌였습니다. 어느 동물들의 눈은 밤에는 전조등처럼 환하게 빛이 납니다. 그러자 이곳에서도 번쩍, 저쪽에서도 번쩍……그것은 마치 동물들이 어둠 속에서 촛불을 켜 들고 시위를 벌이는 것처럼 보였으며, 그러자 그것은 밤에 공동묘지에서 유령들이 나와 자기의 무덤 앞에 앉아서 무슨 침묵의 집회를 벌이고 있는 것처럼 동물원 전체가 으스스하게 느껴졌던 것입니다.

"왜 말들이 없소?"

원장이 답답해하자, 먼저 사육부장이 말합니다.

"우리 동물원의 동물들을 직접 돌보는 사육사들을 대표하여 원장님과 여기 앉아 계신 여러분께 우선 사과의 말씀부터 드립니다. 그런데, 문제는 왜 동물들이 전에 없었던 행동을 보이고 있는지, 원점에서부터 생각해보지 않을 수가 없다 이겁니다. 이런 소동이 일어난 것은 아무래도 침팬지 우리 속에 팬조—라는 그 젊고 힘센 수컷이 온 이후부터라고 보는 것이……얼마 전에도 그놈이 아우성을 치자, 곧 여기저기에서 회답이라도 하듯 다른 동물들이 부르짖곤 했으니까요."

"그건 이미 우리가 들어서 아는 바가 아니오?"

"그런데 어느 때부터인가 그 침팬지는 일절 침묵을 지켰습니다. 아마도 우리가 관심을 가지고 잔뜩 경계를 하고 있다는 것을 눈치를 챈 듯싶었지요. 그러더니 그제부터는 모두가 단식을, 어젯밤부터는 그놈의 촛불 시위를……아무래도 이건 팬조가 투쟁방법을 바꾼 것 같습니다. 그렇지 않고서야……."

"투쟁 방법을 바꾸다니?"

"이것도 우리 모든 사육사들의 추측인데, 이를 테면 어떤 연락병이 그의 지시를 동물들에게 은밀히 전달한다든가……."

"어떤 연락병이라니? 동물들은 모두 견고한 우리 속에 갇혀 있는데, 그게 말이나 되는 소리요?"

"그러니까 저도 답답하다 이겁니다. 어쨌거나 오늘부터는 밤낮으로 더욱 녀석들의 행동을 살피겠습니다."

"좋소. 다음에는 수의부장이 한 말씀 하시오."

"우리 동물원의 모든 동물들의 건강을 책임지고 있는 저로서도, 우선 여러분께 죄송하다는 말씀부터 드립니다. 저는 혹시나 무슨 야릇한 전염병이라도 돌아서 동물들이 저렇듯 이상한 행동을 보이고 있지나 않나……그런데 아무리 살펴봤어도, 지금까지 동물들의 건강에는 아무 이상이 없다 이겁니다. 그러니 저로서도 그저 답답할 수밖에요. 혹시 놈들이 어떤 말 못할 스트레스 때문은 아닐까, 그렇다고 전국의 신경과나 정신과 전문의들을 부를 수도 없고……."

"그것 참!"

그러자 이번에는 방역부장이 얼른 말합니다.

"저는 오늘부터 아침, 저녁으로 하루에 두 번씩 동물원에 소독을 실시하려고 합니다."

"갑자기 웬 소독이오?"

"혹시나 동물원에 외부로부터 무슨 전에 없던 무서운 병균이 침입을 해서 그리 된 것은 아닌지, 이래저래 소독을……."

"그것도 한 방법이겠군."

그러자 비상대책위원장이 마지막으로 말합니다.

"저도 이미 대비책을 세워놓았습니다."

"대비책이라니?"

"만약에 동물들이 저러다가 우리를 부수고 뛰어나와 소동을 벌이지나 않을까, 그럴 때 우리는 어떻게 대처를 해야 할 것인지를 말입니다."

"어디, 말씀해 보시오."

"우선 마취총으로 무장한 기동타격대를 대기시켜 놓았습니다. 그래도 놈들이 걷잡을 수 없이 난동을 부릴 경우에는 물대포로 진압할 것입니다."

"그 물대포를 맞으면 동물들이 어찌 되겠쇼?"

"제아무리 크고 힘센 동물이라도 물대포를 맞으면 맥을 못 추고 비실비실⋯⋯."

"그렇다면 그건 좀 생각해 볼 문제요. 가장 중요한 것은, 우선 동물들의 안전이오. 그건 놈들이 예뻐서라기보다는 한놈 한놈의 몸값이 엄청나게 비싸기 때문이오."

"아무리 그렇더라도⋯⋯."

"물대포를 맞고 놈들이 다치거나 죽을 경우, 어쩌면 몇 억, 몇 십억 원씩이나 하는 그 동물들의 몸값을 당신이 변상해야 할는지도 모르니까 알아서 하시오."

"맙소사! 그 어마어마한 몸값들을 왜 나 혼자서 물어야 합니까?"

이때, 사육부장이 손뼉을 짝 치며 불쑥 말합니다.

"이러면 어떻겠습니까?"

"무얼 어떻게 하자는 말이오?"

"동물들이 왜 갑자기 저러는지, 유명한 점쟁이를 찾아가서 점을 쳐 본다든가, 아니면 무당을 불러다가 한바탕 굿판을 벌인다든가……."

"그걸 말이라고 하오?"

"말이 안 되는 줄 알지만, 하도 답답해서 농담 삼아……하하하."

"어쨌거나 우리 모두가 명심해야 할 것은, 만약에 우리 동물원에서 앞으로 무슨 심각한 문제가 일어날 경우, 원장인 나는 물론 여러분도 모두 사표를 써야 할 판이오. 그러니 이런 소문이 외부에 알려지지 않도록, 우선 보안을 철저히 유지해야 하오. 특히, 신문기자나 방송국에서 알 경우, 그때는 보통 심각한 문제가 아니다 이거지. 그들은 얼씨구나 달려올 것이고, 다투어 추측기사를 내보낼 것이고, 그러면 동물애호단체에서 가만히 있지 않을 것이고, 국회의원들, 감사원……어이구, 맙소사!"

원장실에서 회의가 끝나자, 사육부장은 자기도 모르게 침팬지 우리 쪽으로 걸어갑니다. 그런데, 그곳에서는 담당 사육사와 팬조가 철망을 사이에 두고 서로 마주 서서 노려보고 있습니다. 그러다가 이쪽으로 다가오는 사육부장을 먼저 발견한 팬조가 슬며시 뒤돌아서서 저쪽으로 가버렸고, 인기척을 느낀 사육사가 뒤돌아보더니 얼른 큰 소리로 말합니다.

"부장님, 알았습니다!"

"무엇을 알았다는 거야?"

"동물들이 왜 저렇듯 단식에, 촛불 시위를 벌이는지를 말입니다."

"그 이유를 알았다는 건가?"

"그렇습니다. 추측대로 그들의 우두머리는 역시 팬조입니다. 내가 철망 밖에서 우리 안을 엿보자 나를 발견한 팬조가 이쪽으로 다가왔고, 철망을 사이에 두고 나랑 마주 섰습니다. 나는 팬조에게 물어보았습니다. 나는 그동안 어쩌면 내 가족보다도 너희들을 더 아끼며 돌보았는데, 이럴 수가 있느냐? 도대체 무엇 때문에 날마다 굶어가며 이렇듯 시위를 벌여 내 입장을 곤란하게 만드느냐, 도대체 그 이유가 뭐냐?"

"그랬더니?"

"내 말을 알아들은 듯 팬조가 큰 소리로 자유!─라고 소리쳤습니다."

"뭐라고? 자유?"

"그러자, 내 귀를 의심하며 같은 질문을 또 하자, 팬조는 자유, 자유!─같은 말을 두 번씩이나……."

"그래서?"

"내가 세 번째로 같은 질문을 또 던지자, 팬조는 자유, 자유, 자유!"

"자네, 혹시 머리가 어떻게 된 게 아닌가?"

"머리가 어떻게 되다니요?"

"침팬지와 대화를 했다느니, 침팬지가 같은 말을 몇 번씩이나 되풀이를 했다느니……물론 침팬지 우리의 담당 사육사인 자네의 그 걱정과 고충을 이해 못하는 건 아닐세. 그러자 밤에는 잠을 설치고, 그러자 오늘은 헛소리까지 나오고……그렇지 않고서야……."

"그들은 자유―를 요구했습니다!"

"그랬다 치고, 자넨 그게 가능하다고 보나? 당장 원장님부터 그걸 승낙할 것 같은가?"

"그들의 요구를 거절하면, 앞으로 더 큰 소동이 일어날는지도 모릅니다!"

"속담에 '갈수록 태산'이라더니……내가 미치고 환장하겠구먼!"

동물들의 단식과 촛불 시위는 8일째 이어졌습니다. 그러자 동물들은 너나없이 점점 힘이 없습니다. 밤에도 시위를 벌이느라고 그들은 낮에 잠을 잡니다. 그러자 동물원은 활기를 잃었고, 따라서 동물들의 재롱이나 어슬렁거리는 모습을 보려고 찾아온 관람객들은 그만 흥미를 잃고, 이럴 바에는 동물원의 입장료가 아깝다느니, 어쩌니 투덜거리며 돌아갔습니다.

밖에서는 그러거나 말거나, 팬조는 느긋합니다. 오히려 마음속으로 쾌재를 부릅니다. 그들이 그럴수록 이쪽이 유리하면 유리했지, 불리할 것은 하나도 없으니까요. 관람객들이 소문을 내면, 신문사나 방송국에서 가만히 있을 리가 없고, 그러면 그만큼 동물들 쪽에 더욱 승산이 있기 때문입니다.

팬조는 앞으로 동물 공화국을 어떻게 구성할 것인가를 생각하고 있습니다. 우선 혁명위원회를 만들어 그 우두머리는 나―팬조가 맡을 것이고, 호랑이와 사자, 코끼리와 곰, 여우를 혁명 위원으로 임명하고······그런데, 밤낮없이 동물원 교실들을 돌아다니며 임무를 수행하느라고 피곤해서 지금은 근처의 어느 나무 위에서 잠을 자고 있는 람쥐에게는 연락병 말고, 훈장과 함께 그동안의 노고에 어울리는 어떤 높은 직위를 주어야 하는데, 그게 얼른 생각이 나지를 않습니다.

그건 그렇고, 혁명이 성공을 하면, 어쩐다? 그들이 당장 각자의 고향을 찾아가기는 쉽지가 않다. 그러자 그는 동물들을 이끌고 이 동물원을 떠날 생각입니다. 그러다가 또 고개를 갸웃거립니다. 그나저나 그 많은 식구들을 데리고 어떻게 이동을 하지? 그러지 말고, 처음부터 그들에게 자유를 주는 것은 어떨까? 지리산을 찾아 가든지, 태백산이나 설악산으로 가든지 각자 마음 내키는 대로 하라, 그곳에는 나무들과 숲이 울창하여 야생 멧돼지들 같은 먹이도 많고······ '고향이 따로 있나, 정들면 고향이지'라는 노래도 있듯이, 그동안 이 땅에 정도 들었고, 무엇보다도 이제는 바라던 자유를 얻었지 않나! 그것만 해도 어딘데······안 그래?

내친 김에, 팬조의 생각은 거기에서 멈추지를 않습니다. 문득 엉뚱한 생각도 듭니다.이 동물 공화국의 최고 실력자가 되면, 이러니저러니, 어쩌고저쩌고 끼어드는 다른 녀석들의 말은 일절 귀담아 듣지 않겠다, 내 식대로 하겠다! 그러던 팬조는 이어서 씨익 웃습니다. 내가 이곳을 장악하면 동물원 측에서는 당연히 법석을 떨 것이고, 그러거나 말거나 차츰 두 발 가진 동물들 중에서 약삭빠른 놈들은 어찌 알고 흥정을 하자고 접근할 것입니다. 당장 호랑이 가죽과 곰의 쓸개, 코끼리 상아는 엄청나게 비싸고, 장차 복고풍이 불면 여우 목도리도 비싸질 것이니, 그 동물들을 우리에게 팔아넘기라면서……그 녀석들에게 그들을 팔아서 한밑천 두둑이 챙겨 이곳을 떠나는 건 어떨까. 어떻게 떠나느냐고? 그거야 간단하지. 이 땅에서는 돈만 있으면 '처녀 불알'도 살 수가 있으니까. 어찌어찌 바닷가로 나가서, 가난한 어부로부터 작은 어선을 산 다음에 해류를 타고 가다가 먼 남쪽 지방의 어느 섬에 도착하여 밀림 속으로…….

그러던 팬조가 문득 철망 쪽으로 시선을 보냅니다. 그러나 담당 사육사의 모습은 보이지를 않습니다. 그가 단식 투쟁의 이유를 물어봤을 때, 우리에게 자유를 달라고 요구를 했건만, 이후에 그쪽에서는 아직도 이렇다 할 아무런 회답이 없으니 팬조는 지금 몹시 답답하고 초조합니다.

팬조는 이번에는 자신도 모르게 힐끔 저쪽으로 시선을 보냅니다. 그곳에는 잘 익은 바나나며 과실 등의 먹이가 치쌓여 있습니다. 단식 투쟁을 벌이다 보니, 사육사가 그때마다 가져다가 준 먹이들이 그대로 있기 때문입니다. 여느 동물들과 똑같이 며칠 동안을 굶은 팬조는 지금 너무나도 배가 고픕니다. 그 먹이들을 보자, 이제는 군침이 돌아서 더는 견딜 수가 없습니다.

그때, 가장 젊은 암컷 침팬지가 슬며시 옆으로 다가 오더니 물어봅니다.

"무얼 그렇게 잔뜩 탐욕스런 시선으로 바라보고 있어요?"

"어?"

도둑질하다가 들킨 아이처럼 흠칫 놀란 팬조는 이어 어물슬쩍 변명을 합니다.

"우리의 혁명이 성공을 하면, 그동안 수고를 한 람쥐에게도 훈장과 함께 어떤 직위를 주어야 하는데, 그게 얼른 떠오르지를 않아서……."

"흥! 그까짓 다람쥐 녀석!"

"람쥐가 없었다면……."

"한입에 홀랑 먹어치우면 된다고요. 호호호홋."

"뭐라고?"

"정글에 사는 침팬지들은 자주 육식도 즐긴다는 걸 몰라요? 내가 미식가(美食家)라서 그런지는 몰라도, 이따금 흰개미는 물론 원숭이 꼬리도 먹고 싶고, 저 다람쥐를 처음 보는 순간, 나는 대뜸 그 고기 맛부터 생각을 했다고요. 야들야들 부드럽고, 그러면서도 쫄깃하고, 향기롭고……호호호홋."

"아무리 그렇더라도, 지금은 안 돼!"

"그나저나 우리는 언제까지 단식 투쟁을 할 건가요?"

"동물원에서 우리의 요구를 들어줄 때까지……."

"그들이 그걸 호락호락 승낙할 것 같아요?"

"……."

"속담에 '금강산 구경도 식후경' 또는 '나룻이 석 자라도 먹어야 샌님'이라고 했어요. 우선 먹어야 투쟁할 힘이 생긴다고요. 자칫하다가 우리는 자유를 찾기도 전에, 모두 굶어 죽고 말아요. 자유고 뭐고, 죽으면 아무 소용이 없다고요. 안 그래요?"

"그거야 그렇지만……."

"그러지 말고, 내 말대로 해요. 다른 동물들은 그렇다 치고, 그들의 사령관인 당신은 건강해야 해요. 이러다가 당신이 병이 나거나 죽기라도 하면, 누가 그들을 이끌어가나요?"

"흐흠!"

"그러니 다른 동물들은 단식을 계속하도록 하고, 당신은 지금부터 먹고 힘을 내야 해요. 덕분에 우리도 좀 얻어먹고……호홋."

암컷의 거듭되는 권유에, 팬조의 마음은 크게 흔들립니다. 그러잖아도 진작부터 배가 고파서 죽을 지경인데, 이 얼마나 달콤한 유혹인가! 그녀의 말이 옳다고 여긴 팬조는 저도 모르는 사이에 얼른 바나나 한 개를 집어 들고 껍질을 쭈욱 벗깁니다. 그러자 우리 안의 다른 침팬지들도 달려들어 바나나며 과실들을 게걸스럽게 먹어댑니다.

그들이 먹느라고 한바탕 시끄럽게 소란을 피우자, 근처의 나무 위에서 잠을 자던 람쥐는 두 눈을 뜹니다. 아니, 람쥐는 진작부터 깨어 있었습니다. 그리고 팬조와 젊은 암컷이 주고받던 이야기도 다 들었습니다. 그까짓 다람쥐 녀석, 어쩌고저쩌고……그 젊은 암컷의 말을 듣는 순간, 람쥐는 오싹하며 온몸에 소름이 돋았습니다. 그리고 지금까지도 몸이 떨립니다.

"연락병!"

갑자기 저 아래에서 팬조의 목소리가 들립니다. 람쥐가 잠시 머뭇거리자

"람쥐 연락병!"

이번에는 더 큰 소리로 연락병을 찾았고, 비로소 나무 아래도 내려간 람쥐가 그리로 다가가자, 팬조가 당당하게 말합니다.

"내가 건강해야 모든 동물들을 지휘할 수가 있기 때문에, 나는 지금부터 먹기로 했다. 그리고, 무엇보다도 우리는 더 이상 기다릴 시간이 없다. 연락병은 동물 교실들을 찾아다니며 나의 혁명 계획─을 그들에게 전달하라!"

그 5개 항목의 혁명 계획을 귀담아 들은 람쥐가 팬조에게 넌지시 물어봅니다.

"그들은 언제까지 단식을 해야 하나요?"

"첫 번째 항목─즉, 동물원 우리의 열쇠가 우리들 손에 들어올 때까지다. 그때까지 단식 투쟁을 계속한다. 왜냐하면, 두 발 가진 동물이나 네 발 가진 동물이나 배가 부르면 긴장이 풀리고, 그러면 그만큼 느긋해져서 투쟁심이 약화되기 때문이다. 그러니 배부

르게 먹고 싶으면, 하루 속히 그들로부터 열쇠를 탈취하라, 다만 그때까지 물은 배부르게 마셔도 좋다고 전하라. 알겠는가?"

람쥐는 곧 그 침팬지 우리를 떠납니다. 그리고 드넓은 동물원을 뛰어가다가 문득 걸음을 멈춥니다. 아까 그 침팬지 젊은 암컷의 말이 다시 떠올랐기 때문이며, 그러자 다시금 소름이 돋습니다. 저 다람쥐를 처음 보는 순간, 나는 대뜸 그 고기의 맛부터 생각을 했다고요. 야들야들 부드럽고, 그러면서도 쫄깃하고, 향기롭고……언젠가 나는 그 암컷의 뱃속으로 들어가는 것은 아닐까. 그들은 나를 연락병으로 실컷 부려먹다가 배신을 할는지도…….

그건 그렇다 치고, 지금 람쥐는 팬조의 행위도 마음에 썩 들지를 않습니다. 다른 동물들은 모두 지시대로 단식 투쟁을 하고 있는데, 자기는 몰래 혼자만 먹다니……물론 이유는 그럴 듯합니다. 자기는 사령관이라서 그렇다고. 먹고 건강해야 다른 동물들을 통솔할 수가 있고, 그래야 혁명을 성공시킬 수가 있다는 뜻인데……람쥐는 헤어지기 전날 밤, 엄마의 말이 떠오릅니다. 쉬운 것이 어렵다던, 가장 쉬운 것이 가장 어렵다던, 알고 보면 진리는 쉬운 것인데, 그게 어렵다고 느끼는 이유는 그 실천이 어렵기 때문이라는……허구한 날 답답한 우리 속에 갇혀 사는 동물들에게 자유를 찾아주겠다는 팬조의 생각은 옳았습니다. 그렇다면 지도자는 처음부터 끝까지 앞장서서 모범을 보여야 합니다. 그러나 그는 그러지를 않았습니다. 어제까지는 잘하다가 그만……졸병들은 배를 굶주리는데, 사령관은 몰래 혼자서 먹다니, 그게 말이나 됩니까!

연락병인 람쥐가 원숭이 교실부터 찾아가서 사령관의 혁명 계획을 전달하자, 할아버지 원숭이가 오늘따라 전에 없던 신중한 어조로 말합니다.

"람쥐야, 내 말을 잘 들거라."

"네, 할아버지!"

"속담에 '먹는 소가 똥을 누지'라는 말이 있단다. 한마디로, 먹어야 힘을 쓸 수가 있다는 뜻이다. 우리는 지금 8일째 단식 투쟁을 벌이고 있다. 혁명 계획이고 나발이고, 기력이 있어야 싸우지. 그러니 너는 돌아가서 사령관에게 내 말을 전하렴. 투쟁 방법을 바꾸라고 말이다. 먹으면서 싸우자고 말이다. 알겠느냐?"

그러자 람쥐는 저도 모르게 불쑥 말합니다.

"사령관은 먹기 시작했어요!"

"뭐라고?"

"먹기 시작했다고요, 할아버지!"

"자기는 그러면서 남들에게는 물만 마시라고?"

중얼거린 할아버지는 곧 원숭이들에게 그만 단식을 풀라고 지시합니다. 그러자 처음에는 어리둥절하던 우리 속의 원숭이들은 한 쪽에 수북하게 쌓여 있는 먹이 쪽으로 달려가더니 시끌벅적 소란을 피우며 이것저것 한 아름씩 챙겨 들고 흩어져서 마구 먹어댑니다.

원숭이 교실에서 나온 람쥐는 이번에는 코끼리 교실을 찾아갑니다. 그 큰 덩치에, 그동안 먹지를 못하자 그만 기진맥진을 한 코끼리에게 람쥐는 사령관의 지시를 전한 다음에, 이번에도 말합니다.

"사령관은 먹기 시작했어요!"

"뭐라고?"

"그러면서, 코끼리 동지에게 은밀히 전하라고 했어요. 우리들의 혁명을 완수하기 위하여, 앞으로 큰 일을 해야 할 그대는 지금부터는 전처럼 마음껏 먹고, 힘을 내라고요!"

"정말 사령관이 그렇게 말을 했단 말이냐?"

"그렇다니까요. 더구나 코돌이를 잘 보살피라고요!"

그것이 람쥐가 꾸며낸 거짓말인 줄도 모르고, 코끼리 아줌마의 두 눈에는 눈물이 어립니다.

"그러잖아도, 우리 코돌이가 배가 너무 고파서 저렇게 쓰러져 있단다. 그걸 지켜보는 이 어미의 마음은 얼마나 아팠겠니! 사령관 만세! 이 소식을 전해준 람쥐 만세!"

람쥐는 이번에는 호랑이 교실을 찾아갑니다. 호랑이는 일어날 힘도 없는지, 배를 깔고 축 늘어져 있습니다. 찾아온 람쥐를 보고도 말을 할 힘도 없는지, 두 눈만 껌벅거릴 뿐입니다. 그런 그에게 사령관의 지시를 전한 람쥐가 말합니다.

"사령관은 먹기 시작했어요!"

"람쥐야, 너는 지금 뭐라고 말했냐?"

"먹기 시작했다니까요."

그러자 어디서 힘이 생겼는지, 호랑이가 소리칩니다.

"그거 참 듣던 중 반가운 소리다! 혁명 좋아하다가 내가 굶어 죽을 뻔했다. 이러다가는 삐쩍 말라서 가죽도 못 남기겠더라고. 저 맛좋은 고깃덩어리를 보고도 못 먹는 이 심경을 누가 알아주 겠냐!"

그러면서 호랑이는 얼른 사자에게 이 반가운 소식을 큰 소리로 알립니다.

람쥐가 여우 교실을 찾아가자, 그런데 이곳은 의외입니다. 여 우 부부는 무엇을 맛있게 씹어 먹고 있다가 람쥐를 보자, 놀라기 는커녕 차분한 어조로 수컷이 말합니다.

"어서 오시게나, 람쥐 연락병!"

"그런데, 아저씨는 지금 무얼 먹고 있나요?"

"보면 모르냐. 고기라고, 고기."

"지금은 단식 투쟁 기간이라는 것도 모르나요?"

"알고 있다고."

"그런데도 아저씨는……?"

그러자 암컷 여우가 얼른 끼어듭니다.

"얘, 람쥐야!"

"네, 아줌마."

"돌아가면 사령관에게 전하렴. 다른 동물들은 몰라도 사령관 은 먹어야 한다고. 그래야 건강해서 우리의 투쟁을 이끌 수가 있 다고. 그게 현명한 사령관이라고 말이다. 알겠느냐?"

"그러잖아도……."

"무슨 말을 하려는 거냐?"

"사령관은 먹기 시작했어요!"

"그러면 그렇지!"

"뭐가 그렇단 말이죠?"

"아마 지금쯤은 사령관도 더는 버티지 못하고, 배고픔의 유혹에 걸려들었을 것이라고 우리는 믿었다. 그래서 내가 너를 슬쩍 떠봤다. 그랬더니, 아니나 다를까, 정직한 람쥐―너는 사령관은 먹기 시작했다면서 나의 꾀에 금방 넘어가더구나. 호호홋. 자기는 이것저것 맛있는 먹이를 실컷 먹으면서, 우리들에게는 물만 먹으라고? 속담에 '샌님 배부르면 종놈 배고픈 줄 모른다'고 했다. 그럴 줄 알고, 우리 부부는 지금 이렇게 먹고 있다. 아니, 단식하라는 지시가 내려진 그 닷새째부터 먹기 시작했다고. 알겠니? 호호호홋. 안 그래요, 여보?"

암컷의 말에, 얼른 수컷이 맞장구를 칩니다.

"속담에 '양반 배부르면 종놈 밥 짓지 말라고 한다'는 말도 있지. 우리랑 똑같이 네 개의 발을 가졌지만, 더없이 잔인하고 탐욕스럽고 교활한 두 발을 가진 동물들과 거의 다름이 없는 침팬지 녀석의 그 지시를 우리가 끝까지 고분고분 따를 줄 알았나? 우리가 누군데, 결국에는 이렇게 될 줄 미리 예측하고, 우리 부부는……히히히힛!"

우직함보다는 영리함이 앞서는, 여우는 역시 여우라고 고개를 옆으로 절레절레 저으며 람쥐가 곰 교실을 찾아가자, 그런데 곰은 느긋합니다. 며칠을 굶었으면서도, 조금도 그런 티를 드러내지 않습니다.

"아저씨는 배가 고프지도 않나요?"

"어찌 안 고프겠니. 그러나 참고 있다고."

"언제까지 참을 건가요?"

"옛날 옛적에, 우리 조상님은 빛도 없는 어두운 동굴 속에서 쑥과 마늘 한 줌을 먹으며 100일 동안을 버틴 적이 있거든. 그것에 비하면 이까짓 것쯤은 아무것도 아니지."

"사령관은 먹기 시작했어요!"

그러나 곰 아저씨는 뭐 그리 놀라운 일도 아니라는 듯이 말합니다.

"내가 그럴 줄 알았다고. 침팬지는 인간들을 닮아서 아주 음흉하거든. 허허허허."

"웃다니요? 아저씨는 화가 나지도 않나요?"

"화를 내서 뭘 하겠니. 이번에도 내가 참아야지. 그나저나 람쥐야, 너는 나를 내버려두고, 사령관이 먹기 시작했다는 말을 다른 교실들에게 빨리 전하렴. 그들은 얼마나 배가 고프겠니. 안 그러냐?"

"다른 동물들은 물만 마시고 단식 투쟁을 계속하라던데요?"

"자기는 먹고, 남들은 굶으면서 투쟁을 계속하라고? 망할 녀석 같으니라고! 내가 사령관이라면, 나는 굶더라도 다른 동물들부터 먹이겠다. 으허허헛."

람쥐는 그만 곰 교실을 나옵니다. 그리고 한동안 우두커니 서서 무슨 생각을 합니다. 맞아! 진리는 단순하고 정직한데, 그 진리에 거짓이 끼어들면 쉬운 것이 그만큼 어려워진다고. ―이윽고 그 자리를 떠난 람쥐는, 그러나 침팬지 교실 쪽으로 가지를 않습니다. 다시는 그곳에 가지 않기로 새삼스레 마음을 굳힙니다. 팬조 사령관과는 이것으로 마지막입니다. 혁명이고 훈장이고 뭐고, 람쥐는 이제부터는 그의 연락병이 아닙니다. 전처럼 그저 자유로운 람쥐일 뿐입니다.

람쥐가 발길을 끊자, 며칠 후에 침팬지 교실에서는 큰 소동이 일어났습니다. 팬조와 젊은 암컷 사이에 싸움이 벌어진 것입니다. 젊은 암컷이란 팬조에게 먹을 것을 자꾸 권한 바로 그 젊은 암컷입니다.

람쥐가 돌아오지를 않자, 처음에는 무슨 사고라도 일어난 것이 아닌가 걱정을 하던 팬조는, 이윽고 모든 것을 눈치 챘습니다. 동물원의 동물들이 이제는 웬일인지 사령관의 지시를 따르지 않는다는, 나아가 그들은 단식 투쟁을 접고, 전처럼 먹이를 배불리 먹고 있다는 사실을 알아냈습니다.

알고 보니, 모두가 람쥐 때문이었습니다. 동물원의 교실들을 찾아다니면서 "사령관은 먹기 시작했어요!"라고 말함으로써 그들은 그때부터 먹기 시작하며 사실상 단식 투쟁을 끝냈고, 따라서 차츰 혁명의 꿈도 하늘의 무지개처럼 사라지며 모든 것이 물

거품으로 돌아갔습니다.

"이놈의 람쥐, 두고 보자!"

팬조가 이빨을 뿌드득 갈면서 분통을 터뜨리자,

"그러니까 내가 처음부터 뭐랬어요. 그까짓 다람쥐, 한입에 홀랑 먹어치우고 싶다고 말했잖아요. 호호홋."

젊은 암컷이 옆에서 비아냥거렸고, 그러자 팬조가 그 암컷에게 분통을 터뜨렸습니다.

"이 모든 것이 모두가 그대 때문이었다고."

"어머, 내가 무엇을 어쨌기에 엉뚱하게 나한테 화풀이를 하실까?"

"아니란 말인가? 저 다람쥐를 처음 보는 순간, 나는 그 고기 맛부터 생각을 했다느니, 야들야들 부드럽고 그러면서도 쫄깃하고 향기로울 것 같다느니……."

"그 말이 어때서요?"

"람쥐는 그때, 근처의 나무 위에서 잠을 자고 있었는데, 어쩌면 이미 깨어 있으면서, 우리가 주고받던 이야기들을 다 들었는지도 모른다고."

"홍! 제까짓 게 들어봤자지."

"그렇게 간단한 문제가 아냐. 람쥐의 입장에서 생각해 보자고! 토사구팽(兔死狗烹)이란 말이 있어. 토끼 사냥이 끝나자, 주인은 사냥개를 삶아 먹는다는……사령관은 자기를 연락병으로 실컷 부려먹고, 그러나 자칫하다가는 저 암컷의 뱃속으로 들어갈는지도 모른다는 어떤 불안감과 배신감을 느꼈을지도 모르고……그러자 이럴 바에는 차라리 모든 것을 사실대로 밝히자면서, 동물 교실들을 돌아다니며 사령관은 먹기 시작했어요!—손나팔을 불어댔고, 그러자 동물들은……."

"사령관이 먹기 시작한 건 사실이 아닌가요?"

"금강산 구경도 식후경—이라면서, 사령관은 먹어야 힘이 나고, 그래야 건강하고, 그래야 다른 동물들을 이끌어갈 수 있다면서, 옆에서 나를 자꾸만 충동질한 게 누군데?"

"내가 그랬다고 먹었다는 말인가요?"

"물론이지!"

그러자 조금 생각하던 젊은 암컷이 중얼거립니다.

"그때, 내가 아무리 그랬어도 당신은 먹지 않았어야 했어요."

"자꾸만 그럴 듯한 말로 꾀는데, 안 먹고 배겨? 빈계지신(牝鷄之晨)이란 말이 있다고. 수탉이 아닌 암탉이 새벽을 알린다는, 한마디로, 암탉이 새벽에 울면 집안이 망한다는 뜻이라고. 이건 우리 동물원의 모든 동물들에게 자유를 찾아주기 위하여 '동물 해방'을 부르짖고 나선 남편을 옆에서 보필은 못할망정 경망스런 주둥이를 함부로 놀려 충성스럽던 람쥐를 떠나보내고, 그때까지 앞장서서 모범을 보이던 나를 충동질하여 신뢰를 추락시키고……에이, 요망스런 여편네!"

그러나 젊은 암컷이 입술을 삐죽거리며 말합니다.

"그러면 이번에는 내 말을 들어봐요."

"들어보자고."

"과유불급(過猶不及)—이란 말이 있어요. 지나침은 미치지 못함과 같다, 정도가 지나친 것은 모자람과 같다는 뜻이라고요. 자공이란 제자가 공자에게 물어봤어요. 자장과 자하는 누가 더 현명합니까? 자장은 지나치고, 자하는 미치지 못하지. 그렇다면 자장이 나은 것 아닙니까? 지나침은 못 미침과 같아—라고 공자가 말했다고요."

"그래서?"

"다른 동물들은 모자라고, 당신은 지나쳤어요. 그러자 당신은 동물 해방이니 동물 공화국이니, 과대망상을 일으킨 거라고요. 그 결과는 어찌 되었나요? 성공을 했나요? 결국 당신은 다른 동물들과 다를 바가 하나도 없게 되었어요. 내 말이 틀렸어요?"

"말 다 했어?"

"당신은 남을 이기기에 앞서, 유혹에 빠지려는 자신부터 이겼어야 했어요. 그게 참된 지도자라고요!"

갑자기 팬조가 젊은 암컷에게 와락 달려들었습니다. 그러잖아도 이래저래 분통이 터져 죽을 지경인데, 젊은 암컷이 자꾸자꾸 비아냥거리자 더는 참을 수가 없었던 것입니다.

침팬지 우리에서는 한바탕 큰 소동이 일어났습니다. 결국 우악스러운 팬조의 두 손에 목을 잔뜩 졸린 젊은 암컷이 '나 죽는다!' 비명을 질러댔고, 그 소동에 허겁지겁 달려온 동물원 직원들이 팬조와 그 젊은 암컷에게 마취총을 발사, 얼마 후에 그들은 어디로인가 옮겨졌고, 이후로 어찌 되었는지 아무도 모른다는 것입니다.

이 말은 얼마 후에 람쥐가 침팬지 교실과 이웃한 동물들로부터 들은 이야기입니다. 며칠이 지나도록 그 동물원을 찾아가지 않던 람쥐는 더는 뒤의 소식이 궁금해서 참을 수가 없었습니다. 제일 먼저 찾아간 곳은 침팬지 교실입니다. 들어가지는 않고 근처에 몸을 숨기고 그 안을 이리저리 살펴보았는데, 그러나 아무리 그랬어도 다른 침팬지들은 그대로인데, 웬일인지 팬조와 그 젊은 암컷의 모습은 보이지를 않았습니다. 무슨 일이 있었구나! 순간, 람쥐는 어떤 불안감을 느꼈고, 더는 궁금증을 참을 수가 없자, 이웃 동물 교실을 찾아갔고, 그러자 그곳에서는 침팬지 교실에서 벌어졌던 큰 소동(싸움)에 대해서 들려주었고…….

그런 이야기를 들은 람쥐는 마음이 몹시 착잡했습니다. 왠지 모를 어떤 미안감과 아쉬움, 그러면서도 시원함과 안도감을 동시에 느꼈습니다. 그는 다른 동물 교실들의 근처에도 가보았습니다. 그들은 평온을 되찾았고, 전처럼 살고 있습니다. 아— 옛날이여 누가 그 시절로 나를 데려다 줄 수 없나요 옛날이여— 어홍! 호랑이 아저씨는 여전히 그의 애창곡을 부르고 있었고, 곰 아저씨도 육중한 몸과 엉덩이를 이리 씰룩 저리 씰룩거리며, 내가 먼저—빨리 빨리 타거든 내려! 내리거든 타! 오늘도 자기의 자작곡을 부르고 있었습니다.

그러나 람쥐는 그 교실들로 들어가지는 않았습니다. 웬일인지 그러고 싶지가 않아서 그냥 발길을 돌렸습니다.

그 동물원의 뒷산을 오르던 람쥐는, 앞으로는 그곳에 놀러가지 않기로 마음을 굳힙니다. 그들이 보고 싶어도 참기로 합니다. 그럴 만한 이유가 있어서입니다. 그동안 람쥐도 자랄 만큼 자랐고, 배울 만큼 배웠습니다. 네 발 가진 동물들은 그들답게, 람쥐도 람쥐답게 살았으면 좋았을 것을, 동물 교실들을 그냥 놀러다녔으면 재미있었을 것을, 훈장이니 높은 직위니 연락병으로 껍죽거리다가 하마터면 그 침팬지 젊은 암컷의 뱃속으로 들어갈 뻔했으니까요.

거짓말은 불행의 씨앗입니다. 그런데도 인간들은 틈만 나면 거짓말을 합니다. 지위가 높을수록 거짓말을 잘합니다. 대통령들도 마찬가지입니다. 동물들에게 자유를 찾아주겠다는 팬조의 처음 생각은 옳았습니다. 그러나 먼 옛날 그 조상이 같아서인지, 팬조는 인간을 닮아서 벌써부터 거짓말을 합니다. 그러자 람쥐는 무엇보다도 그런 그가 싫었고, 화가 나서 여러 동물들에게 사령관은 먹기 시작했다고 두루 알린 것입니다.

람쥐는 이제부터는 자신의 삶을 열심히 살아갈 것입니다. 겨울이 오기 전에, 굴 근처에 있는 고목나무 구멍으로 거처도 옮겨야 하고, 한겨울 동안 먹을 도토리며 이것저것 양식을 열심히 주워 모아야 하고, 그러다가 짝을 만나 결혼도 해야 하고, 이제부터는 한가할 틈이 없기 때문입니다.

아하, 그만 한 가지를 깜빡 잊을 뻔했군요! 람쥐는 언젠가 '다

람쥐 교실'을 열고, 어린 다람쥐들에게 이런 노래를 가르칠 것입니다.

다람쥐는 다람쥐
다람쥐답게 살아라
솔방울은 소나무에서 열리고
도토리는 떡갈나무 열매라네
다람쥐는 다람쥐
다람쥐답게 살겠네

아하, 참! 또 한 가지를 잊을 뻔했군요. 전에 엄마가 그랬던 것처럼, 잘했을 때는 아낌없이 칭찬을 하며 어린 다람쥐의 볼에다가 뽀뽀를 해줄 것입니다.